La Bague de Chanvre

SEULE ÉDITION DES ŒUVRES DE
PAUL FÉVAL
SOIGNEUSEMENT REVUES ET CORRIGÉES

Les Merveilles du Mont-Saint-Michel.
Les Etapes d'une Conversion : I. *Le Mort d'un père.*
— II. *Pierre Blot.*
— III. *La Première communion, 3º récit de Jean.*
IV. *Le Coup de Grâce, dernière étape.*
Jésuites!
Pas de divorce!
La Fée des Grèves : I
— II. *L'Homme de Fer.*
Châteaupauvre, voyage au dernier pays breton.
Le dernier Chevalier.
Frère Tranquille : I.
— II. *La Fête du Roi Salomon.*
La Fille du Juif Errant. — Le Carnaval des Enfants.
Le Château de Velours.
La Louve : I.
— II. *Valentine de Rohan.*
L'Oncle Louis ; I.
— II. *Les Belles de Nuit.*
Le Loup Blanc.
Le Mendiant noir.
Le Poisson d'Or.
Le Régiment des Géants.
Les Fanfarons du Roi.
Le Chevalier de Kéramour. I.
— II. *La Bague de Chanvre.*
Le Chevalier Ténèbre.
Les Couteaux d'Or.
Les Errants de Nuit.
Fontaines-aux-Perles.
Les Parvenus.
La Reine des Epées.
Les Compagnons du Silence : I.
— II. *Le Prince Coriolani.*
Une Histoire de Revenants.
Roger Bontemps : I.
— II. *Le Rôdeur gris.*
La Chasse du Roi ; I.
— II. *La Cavalière.*
Le Capitaine Simon. — La Fille de l'Emigré.
La Quittance de Minuit ; I.
— II. *Les Libérateurs de l'Irlande.*
L'Homme du Gaz.
Corbeille d'Histoires.
Chouans et Bleus.
La Belle Etoile.
La Première Aventure de Corentin Quimper.
Contes de Bretagne.
Romans enfantins.
Veillées de la Famille.
Rollan Pied-de-Fer.
Le Maçon de Notre-Dame.

PAUL FÉVAL

LA BAGUE
DE
CHANVRE

SEULE ÉDITION REVUE ET CORRIGÉE

ALBIN MICHEL, ÉDITEUR

PARIS — 22, RUE HUYGHENS, 22 — PARIS

LA BAGUE DE CHANVRE

I

ARRIVÉE A LAVAL

J'étais accoté dans un coin de la voiture. Je ne souffrais pas beaucoup, je me souvenais vaguement d'avoir été assommé par un coup de perche qui m'avait frappé derrière la tête. J'entendais et je voyais, mais d'une façon confuse. J'avais idée d'ordonner à Joson de mettre plus de respect dans ses manières, à cause de Mlle de Bois-le-Roy, et les paroles ne me venaient point.

La première douleur que je distinguai parmi l'engourdissement qui me tenait, ce fut la révolte de mon estomac au moment où le gros homme trancha la croûte du pâté. Jusqu'alors, l'odeur d'un pâté ne m'avait jamais causé que d'agréables sensations : c'était la première fois que j'avais, comme on dit à Guidel, « le cœur tourné ». Le fumet des viandes hachées m'arracha un gémissement.

— Vous souffrez davantage? demanda Hermine.

— Voilà, dit M. de Pelhédou, dont les grosses narines hennissaient, de quoi ressusciter un mort ! M. Leker en aurait mangé un morceau avec bien du plaisir. Puisse son exemple servir de leçon à ceux qui ne se dérangent pas quand on tire derrière eux un coup d'espingole !... Vous en faut-il une tranche, jeune homme?

C'était à moi qu'il s'adressait. Comme je ne répondais pas, Joson dit :

— Si M. le chevalier n'en veut point, donnez-moi sa part : ça ne sortira point de la maisonnée.

Hermine avait quitté sa place pour s'asseoir auprès de moi. Je sentis un parfum aigu et violent qui me montait au cerveau. Cela n'avait pas bonne odeur; mais j'en éprouvai un soulagement très vif, et j'avoue que je songeai aux enchantements du livre de chevalerie dont mon oncle Le Bihan usait les dernières pages à faire des capotes pour sa pipe. On ne connaissait chez nous ni les sels ni les flacons.

Un instant je fus gaillard au point de baiser la main qui tenait la fiole. J'eus mon châtiment : la main se retira.

— Et vous, Mademoiselle de Bois-le-Roy, demanda le gros homme, en souhaitez-vous? Je suis responsable de vous, et mon opinion est que vous devez reprendre des forces après une si chaude alerte. Si c'est la frayeur qui vous ôte l'appétit, rassurez-vous : le danger est passé; et d'ailleurs, vous avez vu ce que peut mon tromblon quand on en connaît le secret.

La tête de Joson s'encadrait toujours à la portière. Voyant qu'on ne s'occupait point de lui, il résolut de s'aider lui-même. Sa grosse main pénétra dans le carrosse et tâtonna sur les genoux du bourgeois de Vitré, qui se mit à crier : Au voleur !

— Je n'en ai pris que ma moitié, dit Joson, qui retira sa main. Avec ça, je n'ai pas besoin de vot'pain blanc, qu'est trop fade. Donnez à boire tout simplement, si vous avez bon cœur.

Au lieu de se fâcher, le gros homme se mit à rire. Décidément, Joson Menou avait fait sa conquête.

— Toi, Dieu vous bénisse ! dit-il, tout plein pour un maigre. Si tu veux l'emploi de feu M. Leker, je fais ta fortune, ou tout au moins je te donne sa défroque avec douze écus l'an.

— C'est une écuellée que je veux, répondit Joson la bouche pleine. Je ne suis point dans le cas de me gager chez un bourgeois de campagne, puisque j'ai mon propre frère à Paris, qui a des domestiques à le servir.

Comme M. de Pelhédou atteignait une bouteille pour lui verser à boire, Joson la prit, fourra le goulot dans sa bouche et la rendit vide ; après quoi, en s'adressant à Mlle de Bois-le-Roy, il lui dit :

— Guettez bien M. le chevalier, jeunesse. Je vas souper à mon aise ; mais je laisserais c'te viande-la pour avoir le vicaire de Guidel, sûr et vrai : car j'ai bravement l'envie de me confesser à poil, dans le cas que les quatre galluches que je viens de harpailler m'accuseraient d'avoir un péché mortel au fond de ma pochette.

Et il s'en alla.

Pendant une demi-heure, la réfection du gros tuteur me mit au martyre. Il mâchait avec le bruit d'un ruminant, et son souffle asthmatique m'envoyait d'atroces odeurs de mangeaille et de vin. Hermine, mon bon ange, me présentait de temps en temps son flacon de sels. J'avais recouvré assez de sens pour juger que j'étais bien malade ; mais cela ne m'inquiétait point autrement, et je me rêvais couché dans un lit d'auberge, avec Hermine pour gardienne à mon chevet.

Il faisait une soirée chaude et claire. Il me semblait

que j'aurai joui dans ce calme sans le souper de ce monstrueux bonhomme, dont j'apercevais devant moi les profils éléphantins. A ma droite, je distinguais parfaitement le sourire angélique, mais triste de ma voisine, qui me *guettait,* selon l'expression de mon page. Parfois, quand un rayon de lune venait argenter ses cheveux, je lui voyais l'auréole de nos Belles-de-Nuit bretonnes, ces vierges décédées sans avoir eu le temps d'aimer, qui reviennent, portées par la brise des soirs d'été, et qui espionnent, pudiques, mais curieuses, le tête-à-tête des fiancés dans les bois.

Au dehors, c'était pour moi une brume confuse, toute pleine de mouvements et de paroles. Les bonnes gens du Mi-Mai étaient encore là et causaient de l'attaque On parlait un peu du jeune monsieur de la basse Bretagne et de son valet aux grandes bottes ; mais toute la gloire de la bataille était pour le tromblon. J'entendais qu'on disait :

— A quoi que ça sert de mentir? C'est une tuette qu'a coûté le prix de trois vaches et qu'y a dedans un secret caché. Elle a lancé six douzaines de balles, et des clous, et du verre pilé à travers le corps de M. Leker (qu'aurait dû guetter à se ranger, vrai de vrai !), que si tout le régiment de la lieutenance y avait été, n'en serait point resté un seul soudâs !

— Eh ! v'là la garde de not'maîtresse !

Ceci fut un grand cri. La voiture s'entoura du bruit des chevaux. Je vis des faux et des fourches. La voix de Joson Menou s'éleva, disant :

— Je n'ai point jamais vu un si vilain ramassis de gars ni de biques ! Ça vous v'va-t-il un petit comme vous voulez, Monsieur le chevalier? M'est avis que je trouverai toujours un monsieur peut-être à Laval pour mes besoins. Y a-t-il encore une lampée à boire?

Le gros tuteur, dont la bienveillance à son égard était inépuisable, lui tendit le restant de la seconde bouteille; et, tout de suite après, il donna le signal du départ en ces termes :

— Un quart de la garde en avant, un quart en arrière, un quart à gauche, un quart à droite ! Le commandant est l'homme qui a éternué à la grand'messe. Et qu'on se fasse hâcher pour moi, si l'occasion s'en présente !

Ce fut alors que mon véritable supplice commença. Au moment où la chaise s'ébranla, tout mon corps ne fut qu'une douleur, et je crus que ma misérable tête allait se briser. Le premier cahot m'arracha un grand gémissement. Si j'avais pu parler, j'aurais demandé qu'on me déposât sur la route; si j'avais pu bouger, j'aurais sauté dehors à tout hasard. Je me sentais mourir.

Joson Menou chantait à pleine voix au-devant de nous la chanson des gars de Locminé; et M. Hédou de Pelhédou, ruminant son repas, disait :

— Mademoiselle de Bois-le-Roy, je vais faire un petit somme jusqu'à Laval. Si quelque nouveau danger se présente, éveillez-moi : je vous porterai secours immédiatement.

Je ne sais trop si je m'évanouis ou si je m'endormis. Quand je rouvris les yeux, le gros homme ronflait avec un fracas extraordinaire. Moi, j'avais versé de côté, et ma tête reposait sur l'épaule d'Hermine. Mon premier regard rencontra son sourire doux et triste.

Je voulus me relever; elle me retint d'un léger effort et me dit :

— Vous êtes bien comme cela.

Puis elle ajouta :

— Souffrez-vous un peu moins?

Je ne pus lui répondre que par un signe; mais il paraît

que mes yeux parlaient encore : une nuance rosée lui monta aux joues. Elle me dit, comme si elle eût éprouvé le besoin de s'excuser :

— J'ai cru que vous alliez mourir.

Mes lèvres firent effort pour lui rendre grâces.

Elle y posa ses jolis doigts en murmurant :

— Dormez !

Je baisai sa main. Elle redevint pâle et répéta :

— Dormez; je veux que vous dormiez !

Ce fut bien malgré moi que j'obéis. Un nuage passa sur ma vue. Cette fois, je ne m'éveillai qu'à Laval, au moment où la chaise s'arrêtait.

M. Hédou de Pelhédou parlait d'une voix sévère, reprochant à sa pupille la position où il m'avait trouvé à son réveil.

— C'est une chose indécente en soi et condamnable, disait-il, pour une demoiselle de maison, que de prêter son épaule à un jeune homme, même blessé et paralysé, comme ce bas Breton me paraît l'être. Je ne blâme ni la charité ni la reconnaissance; mais c'était déjà beaucoup que d'avoir mis ce polisson-là dans ma propre chaise. Vous m'objecterez qu'il est gentilhomme? Il faut une douzaine de gentilshommes, passé Ploërmel, pour faire le quart d'un bourgeois de Vitré?

Au lieu de répondre, Hermine appela Joson, qui parlait chapeau bas à un prêtre de campagne devant la porte de l'auberge, au-dessus de laquelle un beau tableau représentait un oiseau blanc et une croix rouge faisant à la fois cette demande et cette réponse : « Voyageurs ! où allez-vous boire, manger et dormir? — Au Cygne de la Croix, chez Soyer, qui n'a pas son pareil jusqu'à Paris ! »

Joson s'approcha.

— Emportez votre chevalier. Dieu vous bénisse, mon garçon ! lui dit M. de Pelhédou. Je payerai la dépense d'auberge, ou tout au moins la chambre jusqu'à demain.

— Et je veillerai près de lui, ajouta Hermine.

Joson me saisit comme un paquet, pendant que le bonhomme indigné protestait contre la résolution de sa nièce.

— Ça ne va donc point toujours comme vous le voulez, Monsieur le chevalier? me dit Joson, qui gagnait l'auberge au pas de course. Demain on vous saignera. Moi, je vas vite, crainte que monsieur prêtre ne s'en irait avant que j'aurais pu me confesser avec lui; que je ne veux point m'endormir sans ça, sûr et vrai, j'en a trop d'envie.

II

OU JOSON TROUVE A QUI PARLER

Le Cygne de la Croix de Laval était encore plus beau que les deux autres. C'était Joson, tête de colonne et maréchal des logis, qui l'avait choisi sur sa bonne mine, et aussi parce qu'il avait vu le monsieur prêtre à la porte.

C'était une grande vieille auberge noire, bâtie en pans de bois croisés, avec balcons de fer à tous les étages. Les fenêtres de la façade donnaient sur une petite rue obscure, au bout de laquelle coulait la rivière de Mayenne.

A deux heures du matin qu'il était, rien ne brillait aux alentours, sinon le lumignon destiné à éclairer l'enseigne. Joson me déposa dans la salle d'entrée, sur un banc adossé à la muraille, et rattrapa vivement son monsieur prêtre, qui assis à la table commune, dépêchait déjà un os de gigot arrosé de cidre.

Joson lui dit avec respect :

— Ça serait-il un effet de votre bonté de m'arranger tout de suite?

— Allez-vous me donner la paix, l'ami? demanda le brave prêtre au lieu de répondre.

— Vous n'auriez point besoin, poursuivit Joson, de vous arrêter de boire ni de manger. J'ai comme ça une idée qui me tourmente d'avoir un péché mortel dans mon gousset, et je voudrais un bout d'à confesse.

— Auriez-vous dérobé une montre, malheureux?

Joson ferma les poings.

En ce moment, M. Hédou de Pelhédou, suant, soufflant, geignant, et violet de colère, faisait son entrée au bras de sa pupille, qui l'entraîna aussitôt de mon côté.

— ... Et choisir un mendiant du pays baragouin! grondait le bonhomme, poursuivant son invective commencée dehors. Une demoiselle de Vitré !

— Alors, dit la voix de Joson parlant au prêtre, vous ne voulez point me soulager, vous? C'est péché mortel de taper sur un qu'est d'église; mais j'en ai déjà un de péché mortel, et alors, ça ne fera point rien si je vous manque de respect par une ratatouille à coups de poing, que je m'en confesserai à un autre vicaire.

Je sentis la chère main d'Hermine qui me tâtait le pouls. J'étais véritablement dans un triste état.

— Monsieur mon oncle et tuteur, dit Hermine, demandez sur-le-champ une chambre à deux lits, sans quoi je me ferai obéir par moi-même. Vous coucherez dans l'un et ce gentilhomme dans l'autre. Moi, comme je vous l'ai annoncé déjà, je veillerai à son chevet.

C'était probablement la première fois que Mlle de Bois-le-Roy montrait un semblable caractère, car le gros bourgeois étouffait de colère et surtout d'étonnement.

— Mon ami, ajouta-t-elle en s'adressant à Joson, qui faisait mine de saisir son vicaire au collet pour tout de bon, il faut prendre quelqu'un à la gorge; mais ce n'est pas M. l'abbé. Je vous ordonne de trouver un médecin et de l'amener mort ou vif.

Joson lâcha le prêtre aussitôt, et il fallait qu'Hermine fût une fée, car jamais Joson n'obéissait du premier coup, pas même à Vivette.

— Si je savais où que ça se trouve, grommela-t-il, j'en rapporterais bien un tout de même, de médecin ou d'apothicaire; mais je ne sais point.

Le vicaire but son dernier verre de cidre, et posa sur l'épaule de mon page une main si lourde, que celui-ci trembla sur ses jarrets.

— Reste, pataud, dit-il. Tu as touché ma robe : tu m'appartiens. Je vas te confesser et puis t'assommer quand nous aurons le temps.

D'une seule détente de bras, il envoya Joson à trois pas, chancelant, mais surtout stupéfait et disant :

— Par exemple, v'là un bon monsieur prêtre ! Qué poigne !

Pendant ce temps, l'abbé saluait Mlle de Bois-le-Roy, avec une aisance qui sentait son gentilhomme.

— Madame, lui dit-il, je vous demande la préférence. Je suis médecin, malgré mon habit, que j'ai droit de porter en qualité de docteur en théologie. Si par cas vous aviez quelques procès, j'ai l'honneur d'être également docteur en l'un et l'autre droit. Est-ce un coup, une chute ou la foudre qui a changé en pierre ce jeune paralytique?

Il y a des mots qui sonnent pitoyablement. Je n'ai pas besoin de constater que mon ouïe restait aussi bonne que ma vue, puisque j'ai pu raconter tout ce qui précède. En fait de paralytique, je n'avais jamais vu que le vieux mendiant à qui l'on avait bâti une niche à la porte de l'église de Guidel. Je fus humilié et désolé, d'autant plus que j'avais une confiance instinctive et toute particulière en la parole de ce singulier personnage.

— Ah ! dame ! ah ! dame ! grondait Joson en se grattant

l'épaule, je ne suis point fin, ma foi jurée ! j'allais comme
ça dire mon péché mortel à un reboutoux !

— Ce jeune homme, répliqua Hermine, qui semblait
subir la même impression que moi, ne doit pas être paralytique : il s'est battu cette nuit comme un lion.

Le triple docteur m'avait pris le poignet. Il se retourna
parce que le gros tuteur lui soufflait dans l'oreille :

— Si vous nous débarrassez de cet oiseau-là, je vous
donne ce que vous voudrez, ou du moins une couple de
pistoles : j'entends si vous le remettez sur pied, pour
qu'on puisse le lâcher honorablement.

Et comme l'autre ne répondait point, il ajouta :

— M'entendez-vous, mon brave?

— Je m'appelle l'abbé de Raguenel, répliqua cette
fois mon médecin, qui avait collé son oreille contre ma
poitrine; je descends par les dames de Tiphaine la Fée,
qui eut l'honneur d'être l'épouse du bon connétable
Bertrand du Guesclin. Si j'accepte la lieutenance aux
gardes qui m'est offerte à Paris, on me nommera le
comte Olivier de Raguenel.

Il fit un geste pour imposer silence. Son oreille se promenait de long en large sur mon estomac, et je me souviens que je faisais des efforts extraordinaires pour lui
dire : « C'est à la nuque que j'ai été frappé ». Mais rien
ne sortait de moi.

— La mécanique est en fort bon état, déclara-t-il en se
redressant. Je ne vous dirai ni latin ni mots de science...
Holà ! mon pénitent ! un coup de main !

Il m'avait pris avec précaution sous les aisselles. Joson,
qui avait l'air d'un chien battu, me soutint par les
jambes.

— Conduis-nous, ordonna l'abbé en arrêtant un valet
d'auberge qui passait, au meilleur lit de la maison.

— Et qu'il y ait deux couches dans la chambre ! ajouta M. de Pelh'dou. Je suis le tuteur de ma nièce, qui est folle et qui veut veiller le bas Breton.

— Ah ! bah ! fit mon docteur en jetant à Hermine un regard bon enfant.

Puis il ajouta d'un ton magistral :

— Est-ce qu'il ronfle, ce gros monsieur?

— Approchant comme un canon, repartit Joson. Il faisait peur au cheval pendant la route.

— Défense d'approcher le malade ! ordonna l'abbé. Chambre à un lit. Rien que la jeune dame autour du patient.

— Ah çà ! mais... voulut protester M. de Pelhédou.

— Vous, l'enflé, interrompit Joson, faut obéir à l'ordonnance !

L'instant d'après, j'étais étendu dans un bon lit. L'abbé lui-même m'avait servi de valet de chambre, et ce fut lui encore qui alla chercher Hermine quand je fus entre mes draps.

Je ne suis pas médecin. J'essayerai en vain de détailler le traitement qu'il me fit subir; mais je dois dire qu'au bout d'une heure mes souffrances disparurent, en même temps qu'une sueur abondante me noyait des pieds à la tête.

— Madame, dit l'abbé Olivier de Raguenel à Hermine, vous n'avez plus besoin de moi. Il ne s'agit désormais que de donner la potion de quart d'heure en quart d'heure jusqu'à ce qu'il s'endorme. Il s'éveillera très faible, mais guéri. A l'honneur de vous revoir !

— Est-ce que j'oserai vous demander?... commença Hermine.

— Le taux de mes honoraires? interrompit Raguenel, qui se redressa en souriant (et je déclare que je n'ai

jamais vu plus galant air de tête ni meilleure tournure).
J'ai peur d'être pris pour un Gascon. Tel que vous me
voyez, j'arrive de Nantes à pied et je n'ai plus qu'un écu
dans ma bourse. Une fois à Paris, j'aurai le choix entre
une lieutenance aux gardes de monseigneur le Dauphin,
— car je n'ai pas fait de vœux, — une chaire de théologie et une charge de maître des requêtes. J'accepterais
volontiers de votre belle main un prêt de cinq louis, à
la condition expresse que vous voudrez bien en recevoir
le remboursement en temps et lieu.

— C'est trop cher ! dit la voix indignée de Joson sur
le pas de la porte.

La bourse brodée de Mlle de Bois-le-Roy était déjà
entre les mains de l'abbé, qui l'ouvrit, y prit cinq pièces
d'or, et la rendit galamment après l'avoir baisée.

Il se dirigea alors vers la porte, et nous l'entendîmes
qui disait dans le corridor :

— Toi, mon pénitent, si le gros monsieur veut entrer
chez le malade, je t'autorise à commettre un péché de
plus.

— Ventrebleu ! répondit Joson, j'ai mes bottes ! je
l'assomme s'il bouge, quoique son pâté était vraiment
bon... Mais ça ne vous retarderait pas beaucoup, dites
donc, de me confesser un brin sur le pouce !

Je restais seul avec Hermine, qui avait pris place à
mon chevet. Je reçus deux fois ma potion de ses mains
charmantes; et puis, au moment où il me semblait que
j'allais parler et me mouvoir, une brume me tomba sur
les yeux. Je dormais.

III

MON TROISIÈME CYGNE DE LA CROIX

Il faisait grand jour quand je m'éveillai. Le soleil jouait dans les rideaux de serge et envoyait à travers la chambre un rayon large, tout plein d'atomes qui se démenaient.

Je me levai sur mon séant, tout surpris de l'étrange faiblesse qui me tenait.

Si j'avais eu mes souvenirs, j'aurais été surpris bien davantage, non pas de me trouver brisé, mais de pouvoir remuer bras et jambes, après la terrible crise que j'avais subie la veille au soir.

Je ne ressentais, du reste, aucune douleur bien vive; et il fallut la fiole à demi vide qui était sur ma table de nuit pour me donner le premier besoin d'interroger ma mémoire.

Je me croyais seul. Songez qu'il n'y avait que deux jours entre moi et Vivette. Ce fut Vivette qui vint au premier appel de ma pensée, et je cherchai les objets connus qui saluaient mon réveil de tous les jours dans la maison de mon oncle Le Bihan.

Il y avait là-bas, chez nous, un grand cerisier qui donnait des bigarreaux superbes, dont les branches caressaient ma fenêtre. L'hiver, quand il n'avait plus de feuilles, je voyais à travers ses branches le clocher de Guidel.

Je l'avais quitté tout en fleur.

Ici, le soleil entrait brutalement; et quand je regardai la croisée, qui ne me semblait plus à sa place, je vis, au lieu de mes feuillées, des toits noirs, surmontés de faîteaux rougeâtres.

Ma poitrine se serra. Ah ! Vivette ! comme elle était loin ! et ces deux journées, dont certes je ne détaillais pas encore le souvenir, me paraissaient déjà plus longues que tout le restant de ma vie.

Entre Vivette et moi, une ombre passa : sourire hardi et charmant. Je vis fumer le petit fusil qui m'avait sauvé la vie.

Catiche ! Je la vis si jolie, que mon cœur réchauffé battit.

Et avec la pensée de Catiche, la foule de mes souvenirs se rua dans mon cerveau.

C'était un fier médecin que le confesseur de Joson ! Mais où donc était Hermine?

Figurez-vous qu'elle s'était endormie à genoux, tout près de moi, en faisant sa prière. C'est pour cela que je ne l'avais pas aperçue tout d'abord. Le lit était très haut, et la petite chaise où reposait sa tête d'enfant, tournée de mon côté et submergée dans l'or épars de ses cheveux, restait presque au ras de terre.

Je ne suis pas un poète : un poète seul pourrait dire ce qu'il y avait en elle de grâce enfantine, mais fière, de candeur et de cœur. Elle était, certes, la plus jolie des trois et la plus belle. Et puis, sait-on pourquoi les moins rêveurs sont attirés vers la tristesse? Je crois que je l'aimais surtout pour ce parfum inconnu que je n'avais jamais respiré chez nous : la mélancolie.

Je ne me lassais pas de la regarder, adorablement chaste dans cette pose qu'elle n'avait point choisie. Je me souviens que je me mis à rire tout haut, parce que, dans ma pauvre tête encore bien faible, une idée fit tapage tout à coup.

— C'est ma fortune ! me dis-je.

Délicieuse fortune ! Ah çà ! les contes de fées ne sont donc pas si fou? Et que pouvait me réserver l'avenir après ces deux premières journées ! La vie est-elle ainsi faite dès qu'on s'envole hors du nid? Allais-je rouler d'aventures en aventures tout le long de ma route? Mais alors que serait Paris? Quels dangers et quels enchantements pouvait me garder en réserve la grand'ville?

— Ah ! dame ! ah ! dame ! dit la voix retentissante de Joson Menou dans le corridor, pour embarrassé, je le suis tout de même. Le monsieur prêtre de Nantes, qu'est médecin et qui va se faire juge à Paris ou officier de troupe (les Nantais, c'est toujours à trois poils), n'a point voulu me soulager. J'ai donc été à la paroisse. Ils étaient trois. J'ai allé aux trois pour être sûr. Le premier m'a dit comme ça : Bourrique ! le second s'est mis à gausser, qu'il a failli étouffer à force que de rire, et l'autre m'a dit qu'avec un poids pareil autour du cou, je tomberais comme un plomb au fond de l'enfer. Failli chien tout de même !

— Et qu'est-ce que c'est que ton péché, Dieu vous bénisse? demanda M. Hédou, qui soufflait gaillardement.

Il avait l'air tout de bonne humeur à travers la porte.

— Ça ne vous fait point rien, à vous, répliqua Joson sévèrement. Si j'avais su l'ouvrage que y avait, je ne vous aurais point charrié depuis votre chambre, pour une écuellée, jusqu'ici.

La clef tourna dans la serrure. Je me renversai prestement sur mon oreiller...

Le tableau que le gros bourgeois de Vitré aperçut du seuil, quand la porte fut ouverte, l'induisit en une singulière erreur. Il paraît que j'étais très pâle. Il me crut mort; et, voyant Hermine agenouillée, il pensa qu'elle récitait près de moi la prière des trépassés.

— Toi et moi, dit-il à Joson, nous sommes d'un tempérament robuste, et nous avons survécu. Quel âge me donnes-tu, pataud? Mlle de Bois-le-Roy a bon besoin d'un mari. J'ai rêvé cette nuit de chapelains et de notaires. Tu auras un habit neuf pour la noce, ou tout au moins...

— Holà! hé! cria Joson à tue-tête en faisant un saut jusqu'au lit, est-ce que les médecines du Nantais vous ont poisonné, Monsieur le chevalier?

Hermine s'éveilla tout effrayée.

— Ça meurt de rien, poursuivit M. Hédou. Il faut de la chair sur les os. Le bas Breton ne me plaisait pas... Mais il faut prévenir à la paroisse. Il est l'heure de déjeuner, Mademoiselle de Bois-le-Roy.

J'avais tenu les yeux fermés jusque-là; je les ouvris. Hermine me prit les deux mains en riant et en pleurant. Elle était plus pâle que moi.

— Ventre-bleu! gronda Joson, j'ai eu peur! Si ce gros essoufflé-là était tant seulement un quelqu'un de pouvant et de mouvant, je dauberais dessus!... Ça vous r'va donc comme vous voulez, Monsieur le chevalier?

— Pas tout à fait, mon brave ami, répondit Hermine. Il ne faut pas faire de bruit dans la chambre des malades. Allez-vous-en, et emmenez mon oncle.

Celui-ci avait déjà pris un siège. Il semblait soucieux.

Je ne crois pas que ce fût un méchant homme, mais il avait manifestement compté sur mon décès.

— Mademoiselle de Bois-le-Roy, dit-il, les lois divines et humaines me donnent autorité sur vous. Je vous dois des égards, comme étant de race noble et la plus riche propriétaire du pays de Vitré ; mais, si l'esprit de rébellion naissait en vous, je saurais vous montrer mon caractère. Le déjeuner est servi : je vous ordonne de me suivre, ou tout au moins je vous y engage.

— Mon bon oncle et cher tuteur, répondit Hermine, M. de Keramour nous a sauvé la vie. Je vous prie de m'excuser ; mais je ne quitterai pas son chevet qu'à l'heure où il sera complètement hors de danger. Allez déjeuner tout seul.

— Sauvé la vie ! grommela le gros homme. Il me semble que mon tromblon a fait aussi de l'ouvrage ! Keramour ! Et, Dieu merci, il en a bien l'air !.... Après ça, Herminette, ma gentillette, on fait toujours ce que vous voulez. Ce matin, en m'éveillant, j'ai eu une idée. Je suis d'une bonne santé et vert comme genêt, oui, mignonne. Il faudra bien un jour où l'autre prendre mari, hé ? Je vais faire monter le déjeuner ici, voulez-vous ?

Je n'ai jamais rien vu de si bon ni de si doux que les yeux d'Hermine. Elle regarda Joson, qui, passa derrière M. Hédou en clignant de l'œil.

— Et ne faites pas de bruit, dit-elle.

Joson fit basculer tout doucement la chaise de M. Hédou, dont les gros pieds perdirent plante. Joson alors, s'attachant au dossier comme on tire un carrosse, traîna le bonhomme à travers la chambre en disant :

— Ne faut point disputer : c'est pour la santé de M. le chevalier. J'ai bien compris la petite demoiselle.

M. Hédou, dont la vaste face était tournée vers moi

pendant ce voyage, faisait une si drôle de mine, que j'étouffai à grand peine un éclat de rire.

Hermine me regarda d'un air scandalisé. Avant de passer la porte, Joson dit :

— J'ai charrié, une fois qui fut, trois veaux à la foire de Quimperlé : ils ne vous pesaient pas à trétous ensemble, non ! Mais la demoiselle est de même le plus joli brin d'amour que j'ai encore vu pour une Vitriâse de Vitré, où j'ai eu mes bottes !

Et il referma le battant, au moment où le bonhomme, qui avait perdu la voix dans sa première surprise, commençait à tempêter dans le corridor.

Hermine avait aux joues une nuance rosée qui la faisait plus charmante. Elle mesura une cuillerée de ma potion et me la donna, puis elle dit :

— Vous avez meilleur visage.

C'était l'effort que j'avais fait pour réprimer ce malheureux éclat de rire, qui ramenait du rouge à mes joues. J'eus l'idée de garder le silence : car je devinais bien que Mlle de Bois-le-Roy n'avait, pour rester à mon chevet, d'autre excuse vis-à-vis d'elle-même que son angélique pitié. Avouer ma guérison presque miraculeuse, c'était supprimer le prétexte qui faisait d'elle aujourd'hui une sœur de charité.

Comme j'hésitais, elle comprit vaguement ma pensée, et la nuance rose monta plus vive jusqu'à son front.

— Ne mentez pas, me dit-elle avec un cher sourire qui est encore devant mes yeux à l'heure où je confie au papier ces souvenirs en apparence si frivoles. On peut mentir aussi en se taisant et je ne serais plus votre amie si je vous croyais capable d'un mensonge.

Sa voix tremblait un peu sous la gentille austérité de cette parole. Je pris sa main, comme on essaye de retenir le beau rêve qui va s'envoler, et je m'écriai presque pleurant :

— Si je vous avoue que vous m'avez guéri, Hermine, vous allez m'abandonner !

Elle redevint pâle au moment où sa main toucha mes lèvres, mais elle garda son adoré sourire.

— Où allez-vous? me demanda-t-elle.

— A Paris.

— Êtes-vous riche?

— Non, je suis très pauvre.

Elle prit un air grave, qui la faisait encore plus enfant.

— Moi, je suis très riche, dit-elle.

Puis son regard s'imprégna tout à coup d'une profonde tristessse. Et elle ajouta en baissant les yeux :

— Monsieur le chevalier, je ne l'ai encore dit à personne; mais ne vous étonnez pas si je suis plus libre avec vous q ue ne devrait l'être une jeune demoiselle. J'ai renoncé au monde de moi-même. Rien ne m'empêche de songer aux moyens de vous être utile, puisque je vous dois de la reconnaissance et que Dieu est entre nous deux.

— Vous voulez entrer en religion? balbutiai-je, ébloui par un étonnement qui allait jusqu'à la colère.

— C'est fait, me répondit-elle : j'ai prononcé mes vœux dans mon cœur.

IV

OU JE PERDS « MA FORTUNE »

Il y a une chose qui me coûte à dire énormément, quoique j'aie spécifié que je ne suis pas poète. Il est des cas où, faute d'un grain de poésie, on pèche contre la plus simple décence.

Ce fut, je dois le confesser, ce qui m'arriva. Au moment même où Mlle de Bois-le-Roy me faisait cette confidence si grave, et, je puis ajouter, si touchante dans sa belle simplicité, mon misérable appétit de Guidel, qui chuchotait déjà depuis un quart d'heure, se mit à pérorer au dedans de moi avec une telle autorité, que je n'essayai même pas de lui imposer silence.

Nous mangions tous très bien chez mon oncle Le Bihan, qui avait vendu tant de prés et tant de futaies dans l'intérêt de son estomac, Vivette elle-même, le cher petit cœur, faisait ses cinq repas tous les jours, sans peur et sans reproche.

Or, il était maintenant quelque chose comme midi, et je n'avais pas mangé depuis la veille avant la grand'-messe.

Attendez encore un peu pour me condamner. J'ai vu

en France et ailleurs des cités plus magnifiques que la
vieille ville de Laval, ancien fief de Montmorency; mais
ils avaient, au Cygne de la Croix, une manière de griller la
poitrine de mouton, relevée à la sauce poivrade, qui mérite une mention historique.

Vous savez bien comme les odeurs de cuisine montent
quatre à quatre les escaliers d'auberge, pour se répandre
ensuite le long des corridors. Pendant que Mlle de Bois-
le-Roy me parlait, une fumée savoureuse et positivement
irrésistible filtra par les fentes de ma porte. Mes narines
étonnées s'ouvrirent, et pour un instant je n'eus plus au
monde qu'une ambition : celle de déjeuner.

La vocation religieuse d'Hermine me consternait,
c'est certain; mais le fumet de la grillade me chatouillait
le fin fond de l'âme. Je me représentais avec volupté les
délices qu'on devait éprouver à faire glisser le couteau sur
le dos de la fourchette plongée dans cette grillade toute
frémissante encore, et fleurie de poivre comme la pêche
de son duvet.

— Est-il possible ! m'écriai-je pourtant. Dois-je perdre
tout espoir?

Elle retira sa main, et une expression d'inquiétude
voila son regard.

— Voulez-vous donc me chasser? murmura-t-elle.

Je pense que mes yeux avaient parlé trop haut. Ah !
ah ! cette grillade ! je la voyais se colorer sur les char-
bons qui pétillaient sous ses larmes.

Qui donc devait la manger?

Cela ne m'empêchait pas de l'aimer, au moins, mais de
l'aimer sincèrement, cette belle petite sainte, qui tenait
à l'aise avec Vivette et Catiche dans la vaste hospitalité de mon cœur. Je sentais bien que je lui appartenais
tout entier et sans partage.

Vous êtes peut-être curieux de savoir si la richesse de Mlle de Bois-le-Roy entrait pour quelque chose dans cet amour, auquel je désespère de donner par la plume l'importance qu'il avait dans ma pensée? Oui et non. Mlle de Bois-le-Roy était « ma fortune » : je n'ai pas à nier cette convention que j'avais passée avec moi-même, mais je l'idolâtrais indépendamment de cela. Jamais vous n'avez pu voir rien d'aussi ravissant qu'elle.

Elle se serait enfuie, soyez-en certains, si je lui avais dit la moitié de ce qui était en moi, voilé, il est vrai, et apaisé par les tyrannies de la grillade. Ce fut mon salut. Et si jamais vous passez à Laval, descendez au Cygne de la Croix : vous goûterez et vous jugerez.

Je murmurai en tenant toujours mes yeux fermés et tout honteux de cet aveu, que le canon menaçant d'un pistolet n'aurait pu renfoncer dans ma gorge, je murmurai bien bas :

— Mademoiselle Hermine, pensez-vous que je pourrais déjeuner?

Et j'attendis.

Son rire argentin me blessa et m'enchanta. Elle ne riait pas souvent, mais si vous saviez quelle mélodie sa gaieté chantait !

— A la bonne heure ! dit-elle du ton d'une personne qui raille sa frayeur passée. Je permets un bouillon et un œuf frais.

Voilà d'odieuses choses quand on a rêvé une poivrade !

Elle se leva. Mon Dieu ! que de grâces ! et comme le trésor de ses blonds cheveux tombait amoureusement sur les chastes contours de ses épaules !

J'étais bien jeune, écoutez ! Je m'étais solidement battu et j'avais jeûné, sans compter la perte de mon sang.

Et peut-être que la potion de M. de Raguenel, descendant de du Guesclin par les dames, possédait une vertu apéritive.

Ces mots tombèrent malgré moi de ma bouche, et j'ai un pied de rouge en les transcrivant :

— Ne sentez-vous pas cette poitrine de mouton grillée, Mademoiselle de Bois-le-Roy?

Elle se retourna. En conscience, c'était un rayon que son sourire.

Enfant qu'elle était, je vis bien qu'elle avait un malin plaisir à trouver plus enfant qu'elle.

— Vous êtes donc guéri tout à fait? me demanda-t-elle.

— Non, répondis-je dans l'invincible élan de ma gourmandise; mais la grillade me guérira, j'en suis sûr.

Elle sortit.

Dès que je fus seul, j'eus honte et j'eus peur.

La porte fermée me semblait une menace. Allait-on m'envoyer mon déjeuner par une servante d'auberge? Avais-je vendu mon bonheur, comme Ésaü son droit d'aînesse?

Je me remis sur mon séant pour saisir plus vite le bruit du retour. Je n'entendais rien, sinon la retentissante éloquence de Joson Menou, qui racontait dans la cour, sous ma fenêtre, comme quoi il avait encore essayé de deux messieurs prêtres, sans compter l'abbé reboutoux. Le quatrième monsieur prêtre, ayant ouï son cas de conscience, l'avait mis à la porte; le cinquième l'avait battu. Joson en cherchait un sixième.

Enfin, un pas léger, un pas de fée caressa les dalles du corridor. La porte s'ouvrit; elles entrèrent toutes les deux, la fée et la grillade.

Mlle de Bois-le-Roy avait cette bonne figure des mères qui cèdent au caprice de l'enfant gâté. Elle por-

tait la grillade elle-même, m is par derrière venait la servante avec un plateau.

La servante fut aussitôt congédiée. Mlle de Bois-le-
Roy me servit. Parlerons-nous de la grillade? Il y a bien
des choses comme cela en notre bas monde. La
première bouchée m'enchanta; puis je repoussai le plat
pour tremper une mouillette dans l'œuf, ouvert par
les jolis doigts d'Hermine, et qu'elle me présentait en
riant.

J'avais trop présumé de moi : j'étais faible et brisé.
Quand ma tête retomba sur l'oreiller, Hermine me dit :

— Gaston, voulez-vous me rendre bien heureuse?
Promettez-moi de vous souvenir de moi comme d'une
sœur.

Je promis, mais je mentais. Et d'ailleurs, me crut-elle?

Nous nous aimions déjà. Nous nous aimions assez pour
n'avoir plus besoin de parler d'amour.

Elle voulut savoir la pauvre histoire de ma jeunesse.
Je lui dis tout, même Vivette. Ce nom la faisait changer
de couleur. Et quand j'en arrivai à prononcer ces mots :
« Elle est mariée », elle eut un grand soupir.

Deux larmes brillèrent alors dans ses yeux, et à son
tour elle me dit son histoire.

...Il s'appelait le vicomte Yves de Trévern; il avait
juste mon âge, et il paraît que je lui ressemblais un peu.
Hermine et lui s'aimaient depuis l'enfance. Comment?
C'est ici, je crois, qu'il faut employer les mots frère et
sœur, car le deuil de Mlle de Bois-le-Roy était calme
autant que profond.

Moi aussi, j'écoutais passionnément pendant qu'elle
me faisait le récit de sa vie limpide et triste. Cependant
le nom prononcé de ce pauvre Yves de Trévern, mort si
jeune, ne me rendait point jaloux.

Le lecteur sait déjà l'*accident* qui le tua.

Ce qu'il ignore, c'est que le méchant drôle connu par nous sous le nom de Saint-Pierre avait des droits éventuels à l'héritage de Mlle de Bois-le-Roy, sa cousine. Il l'avait poursuivie en mariage depuis sa petite jeunesse, et l'amour lui était venu en la retrouvant si merveilleusement belle après la longue absence. Yves n'était donc pas seulement pour lui l'homme qui le frustrait dans son espoir d'être un jour immensément riche, c'était encore un rival d'amour. Et un bruit sinistre courait. Saint-Pierre avait promis le sort du jeune M. de Trévern à quiconque se mettrait entre lui et Mlle de Bois-le-Roy.

J'étais accablé de fatigue. Hermine me condamna au sommeil, mais ce fut évidemment à regret. Moi-même, malgré le besoin de repos qui me fermait les yeux, je les rouvris bien des fois pour regarder encore ma chère petite sainte, comme je l'appelais en riant. J'arrivai bien vite à la voir au travers d'un rêve.

Je ne savais plus trop si je dormais ou si je veillais. Ainsi, il me semblait qu'elle se penchait sur moi en pleurant. Pourquoi?

Un valet vint (toujours dans mon rêve), et lui dit quelque chose que je n'entendis point, mais où se trouvait le nom de M. Hédou.

Elle lui répondit :

— Dans une heure.

Puis elle s'éloigna de mon lit et prit place auprès de la table. Je la voyais écrire, et j'étais inquiet de savoir à qui.

Bien des fois elle quitta la table et vint jusqu'à moi. Elle tâtait mon pouls, mais c'était pour toucher ma main.

— Encore un quart d'heure, dit-elle au valet, qui revenait.

Et quand il parut pour la dernière fois, elle lui dit :
— Je vous suis.

Alors elle ferma la lettre, dans laquelle elle avait glissé quelque chose.

Bien sûr que je dormais, pourtant, car Vivette était là aussi et me disait :
— Comme elle est jolie ! mais je ne la crains pas.

Et Catiche menaçait d'un doigt espiègle, riant :
— C'est sa fortune ! et vous êtes mariée, vous !

Mais voilà le plus singulier : tout cela ne m'empêchait point d'entendre dans la cour Joson, mon page, qui chantait à tue-tête la chanson des gars de Locminé :

Qu'ont de la maillette dessous leurs souliers.

Cependant Mlle de Bois-le-Roy vint à mon lit pour la dernière fois. Elle glissa dans mon sein la lettre qu'elle venait d'écrire. Ce mouvement souleva ma chemise et découvrit le médaillon où Vivette avait mis la bague tressée avec ses cheveux et la corde du pauvre M. Legall.

Je crus qu'Hermine allait me la voler, tant son geste fut expressif ! mais elle la remit en place et se pencha sur moi.

J'eus un baiser sur le front, rapide et furtif comme un souffle.

Et je ne vis plus rien.

Joson disait dans la cour à M. de Pelhédou :
— Si je le connais, c't'oiseau-là ! Ah ! mais, dame ! oui. Il est de chez nous : un vilain singe, Grippe-Soleil, comme on l'appelle, et neveu du monsieur recteur de ma paroisse. Ne faut point jamais prendre une laide bête de

même pour remplacer un brave homme comme M. Leker, que vous avez fait la fin de lui par maladresse avec votre espingot. Et si vous l'emmenez malgré moi, mettez le bout de votre tuette sur son estomac, c'est le conseil que je vous donne, la prochaine fois que vous serez pour la décharger à l'hasard.

Il y eut des roues qui sonnèrent en roulant sur le pavé de la cour, et mon sommeil devint lourd comme plomb. Je n'eus plus de rêves.

Il faisait nuit noire quand je m'éveillai en toussant. Joson fumait sa pipe auprès de moi. Comme mon premier regard faisait le tour de la chambre, Joson m'adressa un signe d'amitié et prit ainsi la parole.

— Par alors, pour être une mignonne demoiselle, faut pas mentir, ça y est tout, en tout, et qu'elle m'a dit de vous dire, disant de sa part : « Bonsoir-à-revoir, portez-vous bien, et le paradis à la fin de vos jours. »

— De qui parles-tu? m'écriai-je en sautant hors de mon lit.

Joson me saisit à bras-le-corps.

— Je parle d'elle, donc! répondit-il, et que ne faut plus y penser brin ni miette. Le gros a gagné Grippe-Soleil à son service. Il vous fait bien ses civilités, du ton qu'on envoie un quelqu'un à tous les diables. Et j'ai trouvé enfin un monsieur prêtre qu'est un bon, celui-là. Il m'a dit de n'avoir point de crainte, moyennant que je partagerais avec lui mon péché, qu'est un peu de la corde à M. Legall le pendu.

V

NOTRE ENTRÉE A PARIS

Le lendemain, 18 mai 1772, malgré ma grande faiblesse et en dépit des sages remontrances de Joson, je quittai le Cygne de la Croix de Laval à une heure de relevée, pour continuer ma route vers Paris.

Il se peut que le lecteur, selon son humeur ou sa morale, m'ait trouvé bien coupable ou bien heureux au milieu de ces trois amours qui fleurissaient ma jeunesse: Vivette, Catiche, Hermine.

Pour ceux qui m'ont jugé trop heureux, me voilà cruellement déchu, et me voilà bien puni pour ceux qui m'auraient condamné malgré mon innocence.

Plus rien ! Ma pauvre bien-aimée Vivette pleurait là-bas le sacrifice de nos espoirs; Catiche avait disparu sans laisser de trace, et Mlle de Bois-le-Roy s'en était allée, profitant de mon sommeil, comme on fuit l'homme qui vous a rendu service et qui réclame un prix trop élevé.

Il ne me restait rien d'elle qu'un souvenir enchanté, mais bien triste, qui pesait sur mon cœur plus lourdement que toutes mes autres peines.

Joson chevauchait un peu en arrière de moi. Je le trouvais important et rogue depuis la veille. On eût dit que ce n'était plus le Joson qui courait naguère, pieds nus, brandissant son pen-bas et secouant ses sabots comme les bidets de la forêt de Rennes font tinter leurs clochettes. Il avait ses bottes.

— Pour quant à ça, me dit-il sans que rien de ma part eût provoqué ces comparaisons sévères, je ne suis pas un cadet ni faraud comme vous, mais j'ai bonne tête. Je laisse les cotillons qui passent sans poisser après comme qui dirait un charbon piqué dans la futaine. J'irai, loin, je ne mens pas, avec la conduite que j'ai et la santé. Je n'aurai plus que la moitié de ma chance, puisque j'ai donné la moitié de mon chanvre au sixième monsieur prêtre de Laval; mais c'était trop que j'en avais. Je ne veux point assommer le monde à tout coup. Avec ce qui m'en reste, gare devant ! ne faut point jamais me barrer ma route ! Le gros m'a dit censé que j'avais ben plus d'esprit que vous.

Il ébaucha un moulinet et poursuivit :

— Y a des domestiques qui deviennent maîtres; y a des maîtres qui périssent leurs domestiques à coups de tromblon par innocence. Je vas veiller où je mettrai le pied avec vous.

— Combien as-tu bu d'écuellées ce matin, Joson? demandai-je.

— V'là qu'est bien, répondit-il en riant à demi, car il était bonne âme. C'est du petit vin qu'ils donnent à Laval, au lieu de cidre. Ça ne vaut point rien du tout. Je sais que je suis pour vous respecter jusqu'à Paris, étant gagé de ma volonté gratis; mais au premier cotillon que vous vous empêtrez dedans, je détale !

Je m'arrêtai et je mis la main à la poche. Joson voulut

me regarder en face, mais il ne put pas. C'est là le faible
des gars de chez nous, et je ne sais pourquoi, car ils sont
francs du collier plus que paysans d'aucune autre province ;
mais vous les feriez plutôt donner tête baissée contre un
escadron que « loucher droit », comme ils disent.

— Brin ! brin ! fit Joson ; vous allez me dire comme ça :
« Je te chasse ! » pas vrai ? La route est large assez pour
deux, et vous ne tenez pas fort sur votre selle, c'est sûr.
Je ne mens pas : je vous servirai tant que je voudrai,
Monsieur le chevalier.

Il ralentit le pas de Taupin, et je remis mon cheval au
trot.

Je suppose bien que le lecteur n'y a vu que du
feu ; mais, à sa façon, Joson Menou m'avait fait des
excuses : il avait tiré la grande mèche qui pendait par
devant, sous son chapeau, et baisé le creux de sa main.

C'était un temps gris, l'air était mouillé. Il faisait
froid. La fièvre me tenait encore. Mes blessures, qui
toutes étaient très légères, me piquaient, et chacune
de mes contusions se rappelait à moi par des élance-
ments insupportables.

J'avais boutonné ma jaquette du haut en bas, parce
que je me sentais frissonner. Au bout d'une demi-heure
de marche, je portai la main à ma poitrine, où quelque
chose me gênait. Je rencontrai sous l'étoffe un objet
dur.

Alors un souvenir essaya de naître en moi. J'eus le
vague ressentiment de ce rêve ou de ce demi-sommeil
où j'avais vu Hermine penchée au-dessus de ma couche.

Mon front me brûla. Le baiser y était.

Je revis Mlle de Bois-le-Roy assise à la table et écrivant...

Ce ne pouvait être, cependant, une lettre qui meur-
trissait ainsi ma poitrine endolorie. J'ouvris ma jaquette

précipitamment. C'était bien une lettre piquée à ma chemise à l'aide d'une épingle; mais il y avait dans la lettre un cœur d'émail entouré de perles magnifiques.

Comme je baisai ce cher bijou, dont la valeur m'était assurément inconnue !

Et la lettre ! J'eus bien de la peine à la lire. L'écriture en était fine et charmante, trop charmante pour moi, habitué aux gros jambages de mon oncle Le Bihan.

Ce fut en lisant cette lettre que je résolus de pousser un peu mon éducation à Paris.

Voici ce qu'elle disait :

« Je ne peux pas rester près de vous. Je crois que vous m'aimez, je sais que je vous aime. Jamais plus je ne vous verrai en ce monde : voilà pourquoi j'ose vous parler ainsi.

« Gaston, mon ami, mon frère chéri, je ne vous dis pas de m'oublier: pensez à moi toujours, comme à la sœur de votre âme.

« S'il n'y avait eu entre nous que Dieu, Dieu est si grand et si bon, que je lui aurais demandé mon serment. Il voit les cœurs. Il sait bien que ma tendresse pour vous est pure. Il aime à regarder d'en haut les heureux.

« Mais je tue ceux que j'aime. Gaston. Je suis gardée par un démon. Je vous ai pris un baiser pendant que vous dormiez. C'est la seconde fois que ma lèvre touche le front d'un homme. Quand on rapporta Yves décédé, je l'embrassai pour lui donner l'adieu.

« Adieu, Gaston ! En vous quittant, je vous sauve. Quelque jour, ils me rapporteraient aussi votre front tout froid à baiser. Pourquoi vous assassinerait-il maintenant, puisque vous n'êtes pas entre lui et mon héritage?

« N'essayez pas de me rejoindre. Quand vous arriverez à Paris, je serai en sûreté contre vous.

« Adieu ! adieu ! C'est mon cœur que je mets dans ma lettre. Portez-le toujours sur votre cœur. »

Le papier avait bu bien des larmes. Je chancelai sur mon cheval, et Joson me reçut dans ses bras en criant :

— Ah ! failli merle que je suis ! et marin d'eau douce ! Et maladroit de propre à rien ! C'est-il du chagrin que je vous ai fait que vous ne pouvez point vous consoler, Monsieur le chevalier? Ah ! dame ! ah ! dame ! fils de vache ! (c'est point de vous que je parle, sûr et vrai !) si vous alliez trépasser sur la route, je serais trop embarrassé ! Ce que c'est de nous, hélas ! hélas ! Jésus, Marie, saint Joseph et toute la litanie, et mon patron ! Essayez de pomper une gorgée à ma gourde... Allons ! saquerbleure de nom de nom ! ouvrez le bec, pour l'amour du bon Dieu !

Figurez-vous bien qu'il pleurait à chaudes larmes.

Il m'avait emporté dans ses bras et couché au bord de la route. Je reste persuadé qu'il m'aurait fracassé la mâchoire, dans la bonne intention de me faire boire, si un instinct de défense n'eût dirigé mon poing fermé dans son œil droit.

— Au lard ! cria-t-il en prenant son œil à poignée, mais tout radieux d'allégresse. Un joli coup de poing tout de même ! je dis la vérité pour ne point pécher ! Vous revoilà en vie, ça fait plaisir ! Que vous m'avez donné de la mauvaise peur, Monsieur le chevalier !

Son œil enflait. Il était aux anges, le bon garçon, et le coup qu'il lampa en réjouissance, vida presque sa bouteille.

Moi, je restai d'abord stupéfié et insensible. En toute ma vie je n'avais pas ressenti une émotion pareille.

Avec le souffle qui me revenait, les larmes jaillirent en abondance.

— Puisqu'on vous dit qu'on ne le fera plus ! s'écria Joson avec un commencement de colère. C'est du tort que j'ai eu. Ça ne me regarde point que vous courez après les demoiselles le long des routes.

— A cheval, Josille, mon gars ! interrompis-je. Nous serons à Paris dans vingt-quatre heures, ou je laisserai mes os en chemin !

Je comptais rattraper d'ici là le carrosse de M. Hédou. Je me sentais plein de force. Ma foi ! Mlle de Bois-le-Roy n'était pas encore au couvent !

Nous galopâmes pendant quatre heures sans prendre le temps de souffler. Mon intention était de changer de chevaux à Mayenne pour voyager toute la nuit; mais l'homme propose, et Dieu dispose : cette nuit-là, je suai la fièvre dans un lit d'auberge, et ne pus me relever de toute une semaine.

Il me fallut quatre autres jours pour atteindre Paris, où j'arrivai dans la soirée du 2 juin, par un temps magnifique, monté sur le grand cheval du guenilloux, et mon fidèle Joson ayant toujours Taupin entre les jambes.

Nous entrâmes dans la grande ville par la porte de Billy et le Cours-la-Reine. Joson s'était fait sans doute un Paris à son idée : il ne pouvait retenir l'expression de son amer dédain en voyant que la ville était composée de maisons, que les arbres avaient des feuilles et la rivière de l'eau.

— Ah ! dame ! ah ! dame ! disait-il, c'est censé une attrape. Je ne vois rien en tout de pius beau qu'ailleurs, c'est bête de mentir. Ce n'est point la peine de faire tant de route pour voir des faillies affaires comme ça, et on n'en parlerait point tant, de c'Paris, s'il était seulement à Quimper !

A l'hôtellerie où nous nous arrêtâmes, dans la grande rue Saint-Honoré, auprès de l'église Saint-Roch, on m'enseigna la demeure de M. Terray du Coudray, le

cousin du ministre, et j'y courus sans prendre le temps
d'épcusseter mes habits de voyage.

C'était là que M. Hédou de Pelhédou et Mlle de Bois-
le-Roy sa pupille avaient dû descendre. Je n'eus pas de
peine à trouver. M. du Coudray habitait un bel hôtel de
la rue Gaillon; et sur le pas de la porte cochère je reconnus Grippe-Soleil, le vilain singe de Guidel qui louchait
des deux yeux. Il portait la livrée du pauvre M. Leker.

Il me reconnut aussi du plus loin qu'il m'aperçut, et
appela le suisse pour avoir main-forte. Ainsi appuyé, il
me dit :

— Avez-vous des nouvelles du pays, M. Gaston? Il
paraît que ça va mal chez le vieil ivrogne : j'entends
M. Le Bihan. Moi, j'ai quitté, rapport au chantre, qu'ils
m'accusaient d'avoir pendu. Je vas monter dans la
finance, connaissant le latin et les chiffres. Savez-vous
que vous voilà dans un triste équipage? C'est pour vous
que je guettais à la porte.

Et, se tournant vers le suisse, il ajouta :

— Regardez bien celui-là, Monsieur Kirsch : c'est le
bas Breton que M. de Pelhédou vous ordonne de jeter
dehors chaque fois qu'il viendra. Et envoyez votre aide
jusque chez M. le vicomte de Saint-Pierre, pour lui dire
que son filou de Vitré est arrivé poudreux et crotté
jusqu'à l'échine. Ah ! ah ! calotte à papa ! comme disait
le bonhomme en son vivant, les chevaliers de la basse
Bretagne ne valent guère mieux que des chercheux de
pain à Paris.

— Est-ce que mon oncle Le Bihan serait mort?
m'écriai-je, sans même songer à punir ce maraud.

Tout en parlant, Grippe-Soleil, qui n'avait pas compté
sur tant de patience, s'était retiré en dedans du seuil.

— Écrivez là-bas, me dit-il, si vous savez écrire, mon

garçon; mais qui vous répondra maintenant? Écrivez!
écrivez !

— Et Vivette? demandai-je.

Il eut son méchant rire, et me jeta la porte sur le nez.

VI

VIDE-GOUSSET

Était-ce donc vrai ce que disait ce laid coquin de Grippe-Soleil? Les chevaliers de la basse Bretagne ne valent-ils pas mieux que des mendiants à Paris?

Je n'avais pas même eu l'idée de lui rompre les os pour tant d'insolence.

A Guidel, entre lui et moi, il y avait une énorme distance. Si près de la ruine que fût la maison de mon oncle, nous étions des gentilshommes, et certes on nous mettait bien au-dessus du riche M. Merlin lui-même.

Ici, ma pauvreté me gênait et me paralysait. Les méchants habits que j'avais sur le corps m'humiliaient à un point que je n'aurais pas soupçonné la veille.

En galopant sur la route, je ne voyais point d'obstacles. Le principal était d'atteindre Paris. Une fois à Paris, j'aurais ville conquise.

Et maintenant que le dur pavé de Paris était là sous mes pieds, je me sentais rapetissé, timide, vaincu avant de combattre.

Avez-vous remarqué cela? Je n'avais pas même osé prononcer le nom de Mlle de Bois-le-Roy.

Il faisait jour encore. Je restai sur la chaussée les bras ballants, la tête pendante. J'avais un gros poids sur le cœur. Dans le premier moment, je croyais que c'était la pensée d'Hermine; mais je me trompais : il y avait de tout là dedans.

Il y avait ma honte, ma colère impuissante, le sentiment nouveau de mon absolu néant; il y avait mon oncle, il y avait surtout Vivette.

Qu'avait-il voulu dire, ce plat maraud? Je le savais menteur et capable d'inventer les plus noires mystifications. Au départ, M. le Bihan se portait bien, Dieu merci! et combien de temps s'était écoulé depuis lors? A peine un demi-mois.

C'était à peu près l'heure où mon brave oncle se mettait à table pour souper, protestant, l'épée à la main, contre les agissements malhonnêtes de la duchesse Anne, et coupant la prescription qui aurait pu moisir ses droits à la couronne de Bretagne.

Je l'entendais qui disait de sa bonne voix, moitié gouailleuse, moitié convaincue.

— Je remplace aujourd'hui par hasard monsieur mon chapelain ordinaire, qui se trouve avoir pris ses vacances.

J'avais mesuré une fois ce qu'il y avait de noblesse et de bonté au fond du cœur de ce brave homme. Et il était le père de Vivette. Que n'aurais-je pas donné pour jeter un coup d'œil à l'intérieur de cette chère maison?

C'était à cela que je pensais, si près de cette autre maison dont les grandes murailles me séparaient d'Hermine. Quand la douce et pâle beauté de Mlle de Bois-le-Roy venait à passer devant mes yeux, je la repoussais presque, tant je voulais me donner tout entier à de plus vieilles affections !

Je ne sais pas combien de temps je serais resté à cette place, planté devant la grand'porte de l'hôtel du Coudray. Les passants me regardaient, quelques-uns me heurtaient. Je n'y prenais pas garde, à cause de cette pensée de mort que les paroles de Grippe-Soleil avaient éveillée en moi.

La nuit tombait. Un guichet s'ouvrit à droite de la maîtresse porte, et une fillette qui portait le costume de Vitré se glissa dehors. Elle vint droit à moi.

— Est-ce vous, me demanda-t-elle, qui êtes le chevalier de Keramour?

Sur ma réponse affirmative, elle prit mes deux bras et me tourna sans façon du côté du réverbère voisin, qu'on venait d'allumer.

— Vous étiez plus propre et plus net à la grand'messe de Vitré, reprit-elle; mais je vous reconnais bien maintenant. Il y a donc que je suis la chambrière de mademoiselle, venue par le coche avec le restant de la maisonnée, car on ne savait point qu'elle s'en irait religieuse.

— Religieuse ! répétai-je. Est-elle donc déjà au couvent?

— Oui bien, depuis trois jours. Rien n'y a pu. Vous avez été trop longtemps en route. Elle me disait toujours de vous guetter par ma lucarne, qui est là au-dessus. Et j'y restais tard et matin, veillant comme ma sœur Anne qui ne voit jamais rien venir. Alors elle pleurait. Et elle parlait toute seule, disant : « Je lui avais ordonné de m'oublier : il m'a obéie. » Alors, un matin de la semaine passée, le vicomte est arrivé... vous savez bien? M. de Saint Pierre. Il est parent des du Coudray, et aussi de l'abbé Terray, le contrôleur général. M. du

Coudray ne voulait point le recevoir, et M. de Pelhédou parlait de le dénoncer à la police; mais il a donné la pièce à celui qui a les yeux en croix, le vilain, le remplaçant du pauvre M. Leker.

— Grippe-Soleil ! prononçai-je involontairement.

Elle eut un transport de joie.

— Grippe-Soleil ! répéta-t-elle, comme ça le coiffe ! Tenez, je vous aimais bien, rien qu'à vous entendre appeler le chevalier de Keramour; mais je vous embrasserais, si on n'était pas dans la rue, pour ce nom-là : Grippe-Soleil ! Moi, je m'appelle Babet, et je suis honnête fille. Tout ce que je pourrai pour vous, je le ferai.

Elle était jolie comme un cœur, cette petite, et ses yeux noirs pétillaient de bonne malice.

— Vous parliez du vicomte de Saint-Pierre? dis-je.

— Oui ! oui ! Celui-là, notre demoiselle le craint comme un demi-cent de loups, depuis qu'il a fait la fin du jeune de Trévern, qui me plaisait approchant comme vous. Alors, elle a voulu décamper; et ce qu'elle veut, faut que ça se fasse, toute douce qu'elle est comme un chérubin... Mais je n'avais pas fini pour le Grippe-Soleil. C'est donc bien sûr qu'on aurait jeté le Saint-Pierre dehors, sans que Grippe-Soleil a dit qu'il avait reconnu votre valet au Cygne de la Croix de Laval, l'homme qu'à des bottes et qu'éternue, et qu'il savait bien que vous couriez le pays pour vous faire votre fortune en détournant une héritière, et que M. le vicomte, à tout le moins, serait bon pour vous casser les côtes, si vous faisiez trop le méchant. Alors on l'a laissé entrer; et une fois qu'il entre, celui-là, il n'y en a plus que pour lui. Mme Terray du Coudray en raffole, M. du Coudray le veut à déjeuner tous les jours, et il a fait croire au gros que sans lui vous auriez enlevé Mlle Hermine au fond de Bois-le-Roy. Il est bel homme.

— Mais elle, Mlle de Bois-le-Roy?

— Eh bien, elle a fait à sa tête : elle est aux Feuillantines de la rue Saint-Jacques.

— Où est-ce?

— Elle a bien dit de vous dire, si vous veniez, de ne point essayer à la voir. D'ailleurs, c'est impossible. Elles sont là comme dans une boîte qui serait dans un coffre, qu'on aurait mis dans une armoire, et la porte de la chambre fermée à clef, et la maison barricadée ! Je vas vous expliquer le chemin.

Il était bien neuf heures du soir quand je quittai cette jolie Babet, qui, de fil en aiguille, m'avait conduit jusqu'à la rivière, et, le long de la rivière, jusqu'au Pont-au-Change.

Quand elle entendit sonner la cloche du Châtelet, elle me quitta brusquement et s'enfuit comme une gazelle. Je n'avais pas de cœur à folâtrer. Je n'ai jamais vu de si beaux cheveux noirs que les siens, et ses yeux allumaient les lanternes. Elle était accordée avec un gars de Vitré, où le monde a du bonheur en ménage.

Je passai la Seine, et je montai une petite rue noire qui n'en finissait plus. Les boutiques commençaient à se fermer; mais à la porte des cabarets on causait encore à coups de poing entre jeunes messieurs des écoles. Je ne savais pas que c'était le fameux Pays Latin, et je m'étonnais de l'énorme quantité de fleurs fanées qui formaient le bouquet d'amour dans ces savants parages.

Tout en haut des montagnes de l'Université, je retrouvais la solitude, et bientôt ce lourd silence qui se fait autour des couvents pesa sur moi. Au faubourg des tavernes succédait sans transition la ville des cloîtres.

C'est à peine si je trouvai un passant pour m'indiquer, parmi toutes ces noires retraites, la maison des dames Feuillantines

C'était un monastère immense, qui remplissait tout l'intervalle situé entre le couvent des Ursulines et l'abbaye du Val-de-Grâce. J'en fis d'abord le tour, et ce fut long. A ces heures de nuit et en l'absence de toute lumière, il me sembla que l'enclos n'avait qu'une seule issue, pareille à une porte de prison.

Je m'arrêtai devant cette porte, qui s'ouvrait ou bien plutôt se fermait sur la rue des Feuillantines. J'étais brisé de fatigue et de tristesse. Je m'assis sur un banc de pierre enclavé dans le mur, et pour la première fois je me demandai ce que j'étais venu faire en ce lieu.

Ah ! je vais vous le dire : j'étais venu la voir, ma chère petite sainte, « ma fortune », et je la voyais. Elle était dans sa cellule close, et moi sur le granit de mon banc ; mais j'éprouvais un mélancolique bonheur à la sentir là, si près de moi, malgré les murs de citadelle qui nous séparaient.

Si j'avais pu seulement lui faire savoir que j'étais là ! Elle pensait à moi, je n'en doutais pas, mêlant mon nom à sa prière ou me souriant dans son rêve.

Comme elle avait le front blanc sous son bandeau de lin ! Avait-on coupé déjà ses cheveux si légers et si flexibles ? Dans ses grands yeux bleus il y avait la fatigue des larmes. Mais que de beauté parmi ces tristesses ! Quelle grâce exquise dans sa pose pendant que l'oraison la prosternait devant son prie-Dieu, surmonté par l'austère image du Christ !

Et ce cadre qui élève le charme de la femme jusqu'à la splendeur, ces quatre murailles toutes nues, ce lit chaste : toutes ces rigidités, éveillant si puissamment la double notion de grâce divine et de tendresse humaine !

Je disais à Dieu : « Elle n'a rien à expier, celle-là ! ce n'est pas Madeleine. Laissez-la bénir l'existence d'un homme avant de remonter au ciel. »

Vis-à-vis de moi, de l'autre côté de la rue, il y avait une maison de méchante mine, toute basse, et dont les volets étaient fermés. Elle s'adossait à l'enclos des Ursulines.

J'étais assis sur mon banc depuis bien longtemps déjà, causant avec mon rêve ; et certes je n'aurais point remarqué cette masure, sans un bruit de verres et de bouteilles qui se fit à l'intérieur. En même temps, une ligne faiblement lumineuse dessina les contours des volets. On soupait ; il y avait des voix d'hommes et des voix de femmes.

Parmi ces voix, j'en distinguai une qu'il me sembla reconnaître. Où l'avais-je entendue ? je n'aurais point su le dire. Je me mis à écouter malgré moi.

Le carillon du Val-de-Grâce lança ses quatre appels, modulés selon l'accord de tierce mineure et suivis d'un coup unique. C'était la première heure après minuit, qui sonna à Sainte-Geneviève, à Saint-Jacques du Haut-Pas, aux Ursulines, puis à toutes les églises et communautés du quartier.

— A la santé du capitaine ! cria-t-on derrière les volets : buvons à Vide-Gousset !

Il y eut un éclat de rire, puis la voix que j'avais cru reconnaître dit :

— Messieurs, je vous remercie ; mais il y a maintenant à Paris deux concurrents pour ce noble nom de Vide-Gousset : M. l'abbé Terray et votre serviteur. Comme je suis loin d'être le plus voleur des deux, j'ai envie de baisser pavillon.

On rit plus fort. Je me demandais :

— Où diable ai-je entendu la voix de ce drôle ?

Car, malgré mon innocence, je devinais bien que j'avais affaire à des bandits.

Je traversai la rue à bas bruit, et je collai mon œil aux fentes des volets; mais il me fut impossible de rien voir. Du moins étais-je mieux placé pour entendre, et bien m'en prenait, car on parlait maintenant tout bas.

Le premier mot que je saisis fut mon nom.

Et ce fut à peu de chose près le dernier aussi, car une porte grinça, et quelqu'un dit, un nouvel arrivant sans doute :

— Alerte ! soufflez la chandelle : il y a un quidam assis sur le banc des pauvres, aux Feuillantines.

La lumière disparut.

Je me glissai aussitôt le long des murailles, pensant que le lieu allait devenir dangereux.

En effet, au moment où je tournais l'angle de la rue Saint-Jacques, je pus voir tout un essaim d'ombres qui s'agitaient à la place même où je me tenais naguère aux écoutes.

VII

PARIS

Je retrouvai assez facilement mon chemin jusqu'au pont; mais, une fois passé la Seine, il me fut impossible de reconnaître l'endroit où la gentille Babet m'avait fait tourner. Paris nocturne avait alors une réputation détestable, que les gens de la province exagéraient à plaisir. Je ne fis aucune mauvaise rencontre, ni aucune bonne non plus, et je m'égarai si bien, que je souhaitais tomber sur un voleur, pour lui demander ma route.

Au petit jour, mes jambes me rentraient dans le corps, et je pense bien que la fièvre m'avait repris, car j'essayais avec un entêtement enfantin de résoudre le problème posé par ma dernière aventure.

Ce nom de Vide-Gousset me battait le tympan comme un son de cloche.

Et ces gens me connaissaient! Mon nom avait été prononcé de l'autre côté des volets, j'en étais sûr. J'étais sûr aussi d'avoir ouï déjà la voix de ce Vide-Gousset. Il me semblait à chaque instant que le nom de cet homme allait faire explosion sur mes lèvres.

Mais plus je redoublais d'efforts pour deviner ou me souvenir, plus ma mémoire se brouillait.

Les premiers éveillés que je rencontrai étaient des paysans venus pour la halle, et qui me rirent au nez quand je leur demandai la rue Saint-Honoré, absolument comme mes saboutiâs de la forêt de Rennes. Les paysans sont les mêmes partout, excepté dans les livres, où on les habille de sagesse, de bon sens et de vertu.

Il faisait beau soleil quand j'arrivai à mon hôtellerie. Joson, qui était déjà levé, me regarda d'un œil sévère et ne me parla point. J'avoue que je n'éprouvais pas un très vif besoin de faire la causette. Je me jetai sur mon lit tout habillé, et je m'endormis comme un plomb.

Pendant que je dors, le lecteur me permettra-t-il de dire un tout petit mot sur ce beau Paris, où nous allons vivre ensemble les dernières pages de ce récit?

C'était alors, par toute la France, une époque singulière; mais Paris surtout avait une physionomie à part, et qui tentera longtemps la plume des moralistes et des conteurs.

Le règne finissait, le long règne de cet homme que la du Barry appelait « la France », et dont elle disait : « Je défie bien qu'on trouve un plus pauvre diable dans les trente-deux gouvernements ! »

Autrefois il avait été, ce roi, surnommé le Bien-Aimé par l'enthousiasme des Parisiens; à présent, il faisait percer des routes dans la banlieue, n'osant plus traverser Paris.

Lamentable vieillesse ! Il s'ennuyait. S'ennuyer quand on a tout un peuple malade à guérir ! Et il disait, lui, le roi : « Après moi le déluge ! »

Il avait été beau, brave et bon. La paresse dont on l'accusait faisait sourire autrefois. La France maintenant se mourait de sa fainéantise, gouvernée successivement et fomentée par la timidité entêtée de Fleury, par l'égoïsme arrogant de Choiseul, pensionnaire de Marie-Thérèse, et par l'audace de cette prodigieuse sangsue, l'abbé Terray, que la rancune populaire avait surnommé Vide-Gousset, par allusion au sobriquet d'un bandit à la mode.

D'autres disent que c'était le bandit qui avait emprunté son surnom au ministre. Ne tranchons pas ce point d'histoire.

Ils étaient trois hommes d'État maintenant, comme si un seul Choiseul n'eût point suffi à mener rondement l'agonie royale : M. de Maupeou, le père de ce parlement dont Beaumarchais a illustré la justice; M. le duc d'Aiguillon, qu'on allait emprisonner comme escroc au moment où il escalada le ministère (la plus commode de toutes les cavernes pour un voleur, disait le Breton la Chalotais); M. d'Aiguillon, qui ne valait pas M. de Richelieu, son père, lequel ne valait rien; M. d'Aiguillon, « le vainqueur de Saint-Cast », qui s'était caché dans un grenier à blé pendant la bataille, et dont le roi lui-même disait, après M. le duc de Duras : « Il s'est couvert, non point de gloire, mais de farine »; et enfin celui que nous avons nommé déjà, Joseph-Marie Terray, financier consommé, mais coquin sans vergogne, corrupteur, accapareur, la plus terrible machine à pressurer un peuple qui ait jamais fonctionné, de mémoire de vampire !

Il est peint tout entier par cette sauvage réponse qu'il fit à M. Gueston-Doisy, commis de l'intendance de Saintonge :

— Monsieur l'abbé, lui disait ce malheureux, réduit au désespoir par la retenue de moitié, j'ai seize enfants.

— C'est trop.

— Faut-il donc les égorger?

— Pas tous, répondit Terray : gardez-en une paire.

Notez qu'il avait de l'esprit comme un démon. Il disait à cette misérable ruine qui était le roi : «Sire, ils m'appellent Vide-Gousset. Où diable veulent-ils que je prenne l'argent, si ce n'est dans les poches?»

On vit sous ce triumvirat la misère publique monter comme un flux et noyer des provinces entières.

Paris souffrait, mais par places : dans des coins et dans les trous. Il y a toujours à Paris une population de surface, qui jette ses gaietés comme un voile au-dessus des larmes publiques. Moi qui parle, je ne vis d'abord à Paris que des étincelles et je n'y entendis que des chansons. On agiotait, on jouait, on dansait. J'ai vu des sommes folles se gagner et se perdre sous les bosquets des guinguettes où se tenait la petite Bourse des blés, aux Porcherons ou à la Nouvelle-France. La plaisanterie du jour était celle-ci : « Dis-moi ton métier, brunette? — *J'affame.* »

Et c'était vrai. Iris spéculait sur les blés, comme Vénus jouait avec les cédules du Mississipi au bon temps de M. le régent. Une coquine à la mode serait morte de honte, si on l'eût accusée de n'être point accapareuse.

J'ai ouï dire que, tout contrôleur général qu'il était, M. l'abbé Terray gagnait un million d'écus tous les ans à la halle au blé. M. de Sartine racontait tout cela au roi, avec les méfaits amoureux des gens de profession austère, les cabrioles des duchesses et les épopées des coupeurs de bourse.

Il y avait trois voleurs adorés, que la chronique

parisienne n'eût pas troqués contre un brelan de héros :
c'était d'abord le fils du fameux Lamorlière, qu'on
appelait « le petit Poulailler »; c'était ensuite « le petit
Cartouche », dont M. le comte du Barry savait, dit-on,
le vrai nom parfaitement; c'était enfin le capitaine Vide-
Gousset, homonyme du ministre des finances, qui passait pour le plus beau garçon des trois et le plus heureux
auprès des dames.

Le jour même où l'argent de poche de Mme du Barry
fut porté de trente mille livres par mois à soixante mille
livres, le capitaine Vide-Gousset avait détourné le carrosse menant le premier douzième à Luciennes, et la
favorite ne trouva dans la cassette du ministère qu'un
bouquet de violettes d'un sou.

Paris en faillit mourir d'aise.

Cela damait le pion aux *pickpockets* de Londres, qui
avaient commencé à se montrer aux fêtes du mariage
de Madame la dauphine. L'anglomanie était à son aurore.
C'est la chose qui a le plus duré en France; elle n'est
pas morte à l'heure où j'écris, et j'ai idée qu'elle vivra
encore longtemps. On imite chez nous par haine, ou,
si mieux vous aimez, par jalousie. Les Anglais sont plus
drôles; ils ne veulent rien faire de ce que nous faisons :
c'est de l'imitation au rebours.

Les jardins anglais jetaient bas nos droites allées de
grands chênes, les jockeys détrônaient nos écuyers.
Jean-Jacques Rousseau, avez-vous remarqué cela? est
un Anglais de Genève. Il avait pris « la belle nature »
et les peupliers aux Anglais. Et il les avait donnés à
Marie-Antoinette, la princesse idolâtrée, si charmante
et si heureuse, qui traduisait tout cela en fromageries
suisses et en courses à âne dans ses paysanneries de
Trianon.

J'ai dit : si heureuse ! Pauvre chère belle reine !

Et si vous saviez comme elle aimait Gluck, son maître de contre-point ! comme elle détestait Piccini, l'Italien qui chantait en pie bavarde ! et quelles jolies mélodies originales tombaient parfois de ces lèvres roses qui devaient boire un si amer calice !

Elle était, cette jeune princesse qui préludait à son martyre par tant de joies, le trait le plus frappant de la physionomie parisienne. On voyait en elle la consolation de toutes les hontes ; on l'espérait comme la revanche de tous les malheurs.

Qu'ai-je à dire encore ? parlerai-je des filles dont le fléau envahissant menaçait de supprimer les femmes ? des fermiers gonflés ? des impôts qui montaient comme la tour de Babel ? des poètes ? On allait jouer justement *le Barbier de Séville*. Voltaire avait encore six ans à vivre. Je ne sais pas bien ce que ce grand homme a de commun avec la poésie. Quant à Beaumarchais, son esprit était fait de prose et de vitriol.

Reprenons notre histoire.

Je m'éveillai après douze heures de bon sommeil et par famine. J'appelai Joson, qui ne répondit pas. Mes cris amenèrent pourtant quelqu'un, et ce fut une belle grosse fille de Nanterre, à la mine joyeusement effrontée. C'était de là déjà que venaient les rosières. Elle s'appelait Fanchon.

Elle me rit au nez du premier coup. J'aurais cherché cent ans avant de trouver un meilleur caractère.

— Savez-vous où est mon valet ? demandai-je.

— Ça, un valet ! me répliqua-t-elle. Il est à Rome ou bien à Pantin, quelque part. Il a pleuré toute la soirée pour avoir du cidre ; et comme je le regardais pour bien voir quelle bête c'était, il a voulu me battre, disant que

je lui effarouchais sa vertu. Il ne sait que boire en hurlant
des chansons à porter le diable en terre. Ah ! vous avez
une bonne chance qu'il vous a donné votre congé, celui-là !

— Comment? Joson m'a quitté !

— Il a bien recommandé qu'on vous dise qu'il ne veut
plus servir un libertin qui couche dehors. Vous êtes un
chevalier, à ce qu'il paraît. Quand vous aurez pris un
bain ou deux, ou trois, dites donc ! vous serez propre.
Je vous trouverai un valet, moi, pour faire vos affaires
dans Paris.

— Et Joson n'a pas dit qu'il reviendrait me voir?

M¹¹ᵉ Fanchon rit plus fort, et m'apporta une mi-
rette.

— Rien que d'avoir un pareil rustaud avec soi, dit-
elle, on gagne sa crasse, Monsieur le chevalier. Regar-
dez-vous !

Le fait est que j'avais l'air d'un ramoneur. Toute la
poussière de la route, depuis Mayenne jusqu'à Paris,
était sur mes joues. Je fis monter un bain, d'abord,
où je m'étrillai d'importance; puis un bon repas, que je
dévorai; puis du papier, une plume et de l'encre.

M¹¹ᵉ Fanchon, qui remplaçait Joson fidèlement depuis
mon réveil, ouvrit ma petite valise et jeta les diverses
pièces de ma toilette sur mon lit, avec des exclamations
de pitié.

— Je vais écrire, lui dis-je : laissez-moi, ma fille.

— Écrivez tant que vous voudrez, me répondit-elle;
mais vous voilà blanc comme un chérubin. Si vous n'avez
pas d'argent, fondez vos deux bidets. Je ne vous laisserai pas porter de pareilles guenilles. Écrivez, écrivez.
Je vas vous amener maître Patu.

C'était encore une amie que j'avais. Elle m'envoya
une risette avant de claquer la porte.

VIII

OU JE ME REMPLUME

C'était à Guidel que je voulais écrire. Tout en me baignant, tout en dînant, et malgré le bavardage de Mlle Fanchon, qui ne tarissait pas sur le compte de mon pauvre Joson arrangé par elle à toutes les méchantes sauces, j'avais rappelé un à un les souvenirs de la nuit précédente.

Il y avait là beaucoup de choses que je n'étais pas à même de comprendre, et j'avoue que l'aventure des volets fermés derrière lesquels j'avais entendu mon nom et celui de Vide-Gousset, se présentait à moi un peu comme un rêve; mais, au milieu de ces brouillards, je distinguais du moins une menace de malheur qui me semblait très claire.

Le neveu du curé, ce misérable Grippe-Soleil, avait parlé de mon brave oncle comme si c'eût été un défunt. Grippe-Soleil était parti de Guidel bien peu de temps après moi, mais il avait pu recevoir des nouvelles. Vivette avait-elle quitté la maison? était-elle mariée?

L'idée d'écrire était assurément fort bonne et toute simple. Seulement, il y avait une petite difficulté : écrire à qui? Vivette ne savait pas lire, M. Le Bihan n'avait plus son chapelain, le monsieur recteur de Guidel envoyait chercher à Lorient quand il recevait une lettre; et, certes, je ne voulais point m'adresser à ce grigou de Merlin.

Restait un pauvre petit vicaire, maigre comme la dent d'une fourche, et qui fourrait des croûtes dans ses poches percées quand mon oncle l'invitait à dîner. Il était savant, celui-là, et le Merlin l'accusait de mettre l'orthographe. Ce fut à lui que j'écrivis. On doit penser que je n'étais pas à l'aise pour glisser dans ma lettre quelque bonne parole d'amour.

Aussi ne la fis-je pas longue, et tout de suite après j'en commençai une autre. Celle-là brûlait de tout le feu que je n'avais pu allumer dans la première. Je m'y gênais d'autant moins, que je désespérais de l'envoyer à son adresse, et vous savez comme on est hardi dans ces cas-là.

Elle était pour Hermine. Je voulais décidément disputer Mlle de Bois-le-Roy aux tristesses du cloître, et je rétablissais ici tout ce que j'avais sous-entendu en parlant de Vivette au vicaire.

J'en arrivais à la phrase la plus ardente, la plus sincère et la mieux faite, quand on ouvrit ma porte sans frapper : c'était Fanchon, mon nouveau page, qui amenait maître Patu.

Figurez-vous un amour de quarante ans passés, tout blond, tout rose, tout frisé au fer à papillotes, et sentant si bon la pommade, que sa seule approche donnait besoin d'ouvrir les croisées.

Il entra en s'éventant avec son petit chapeau à trois

cornes ; et Fanchon, la gourmande, le suivit, écarquillant ses narines pour ne rien perdre de l'odeur.

Elle en éternua en passant le seuil, et s'écria, riant, comme toujours, à pleine gorge :

— Ça me fait penser à votre bêta de Pataud, qui s'est enrhumé hier au soir, que le patron, voulait envoyer chercher la garde !

En France, chaque année a sa mode. Il y avait beaucoup de modes en 1772, mais la plus nouvelle était celle des coiffeurs. Jusqu'alors on n'avait connu que les perruquiers. La dauphine, amoureuse des miracles de sa chevelure, avait abandonné les femmes pour prendre maître Larsonneur, l'artiste de génie qui avait inventé la coiffure « à la frégate » ; puis maître Léonard, son rival, qui fut le poète de « l'air de tête à la déroute ».

Or, il se trouva que M. Larsonneur, par goût, prêtait volontiers à la petite semaine, et que maître Léonard, avant d'entrer en coiffure, tenait le métier de revendeur d'habits.

Pendant dix ans, tous les coiffeurs de Paris firent l'usure et la friperie.

Ce n'était pas maître Patu qui échafaudait les beaux cheveux de la dauphine ; mais il « accommodait » la Duthé et la Prairie, deux reines pour rire, qui, au lieu de dragées, croquaient des diamants.

Il marcha vers moi en se dandinant d'un pied sur l'autre. Derrière lui, Fanchon traînait un paquet de nippes.

— Eh bien ! eh bien ! eh bien ! me dit-il avec bonté quand il fut tout près de moi, j'ai vu les deux bidets en passant. Deux rosses, jeune homme. Mais ce sera un acompte.

Fanchon vit que je fronçais le sourcil.

— Il est chevalier, dit-elle tout bas, et de Bretagne.

— Bon ! bon ! bon ! fit maître Patu : je l'appellerai M. le marquis, ce joli gentilhomme, s'il y met le prix.

— Est-il assez drôle ! soupira ma chambrière.

— Ouvrez la toile, ma mie, ordonna maître Patu, et cessons de plaisanter pour parler affaires. M. le chevalier est juste de la taille de M. de Fronsac et de M. de Tavannes : leurs défroques lui siéront comme sa propre peau.

Je dois dire que M. le duc de Fronsac était haut comme ma botte, tandis que M. de Tavannes-Saulx avait la stature d'un géant.

Mais j'ajoute que les défroques de M. Patu n'avaient jamais appartenu ni à l'un ni à l'autre.

Il déplia les deux « suites », comme on disait alors à l'anglaise, spécifiant bien qu'il sortait de l'hôtel de Richelieu et de l'hôtel de Saulx, où les valets de Fronsac et de Tavannes ne lui vendaient jamais une guenille ayant été portée plus de deux fois.

De fait, c'était deux accoutrements presque neufs et fort galants. J'essayai le premier venu ; et, aussitôt que je l'eu sur le dos, ma rosière s'écria en battant des mains à tour de bras.

— Foi de fille d'honneur ! Tavannes et Fronsac ont l'air de deux courtauds auprès de lui !

— N'exagérons rien ! conseilla Patu. Voulez-vous vous regarder, mon prince ?

— Je veux bien me regarder, repartis-je ; mais parlez le moins possible.

— Pourquoi cela ?

— Parce que je n'ai pas ma canne.

— Et qu'il serait obligé de dauber sur vous avec son

plat d'épée, expliqua Fanchon, qui se tenait les côtes.
Je vous dis que c'est un joli cœur, maître Patu. Et vous
allez lui faire un bon marché pour la peine qu'il vous
a rivé votre clou, sinon je vous ôte la pratique de la
maison !

A dater de ce moment, Patu fut un modèle de réserve et de convenance.

Je me trouvai réellement bien en Fronsac. Fanchon
me tenait le petit miroir, où je tâchais en vain de me
voir du haut en bas. Le frac et la soubreveste étaient
souris effrayée; la culotte, fleur de pêcher, avec nœuds
noirs et bas de couleur de chair; les nœuds de souliers,
pareils à la jarretière. Il y avait en outre une bourse
des plus galantes et un chapeau de roi du meilleur
goût.

— Faut-il prendre cela, Fanchon? demandai-je, sou-
haitant la réponse affirmative.

— Ah! je crois bien! s'écria-t-elle, et l'autre aussi :
vous ne pouvez pas rester sans rechange.

Le Tavannes m'allait encore mieux que le Fronsac.
Je mis la main à la poche avant de marchander. Fanchon
m'arrêta.

— Nous avons en outre, me dit-elle, les manchettes
et les jabots, l'épée, les deux montres et les bagatelles.
Voulez-vous avoir l'air de quelqu'un, oui ou non?

— C'est que je n'aurais pas de quoi payer tout cela,
objectai-je.

— Comptez voir !

— Il me reste cent trente louis.

— Monsieur le chevalier, me dit Patu noblement,
j'aurai l'honneur de vous faire crédit pour le surplus.

— Au fond, je fus au regret de l'avoir brusqué, ce
petit homme. Et notez bien que ma prodigalité n'est

pas si folle que vous voulez peut-être bien croire. Je savais que de toutes les choses indispensables, à Paris, la première était de faire figure.

Je choisis une épée qui avait appartenu à la chevalière d'Éon. L'une des montres venait de l'infortuné M. de Lally; l'autre, d'un neveu de Lebel : celle-ci, outre la matière, avait donc une valeur historique. La tabatière d'or ornée du portrait de la Guimard sortait de la propre poche d'Ibrahim effendi, qui n'avait pas osé l'emporter à Tunis, de peur de ses femmes.

Tout cela coûtait six cents pistoles au plus juste prix, et ce n'était pas cher : car il y avait un certain solitaire que Mlle Bertin, *la ministre des modes*, avait donné, pour bons services d'État, à M. le duc de Nevers, et qui seul valait la moitié de la somme.

— Maintenant, Monsieur le chevalier, dit Fanchon, je vous prie de me donner soixante louis, et je vais régler votre compte.

Patu se redressa de son haut. Je mis soixante pièces d'or sur la table, pensant faire mon billet pour le reste; mais Fanchon prit dix louis, et dit au coiffeur des dames en poussant vers lui le surplus :

— Voilà une bonne journée pour un perruquier. Allez friser le chien de la Guerre !

La Guerre était une autre déesse, dont le Nevers marchait à quatre pattes.

Maître Patu, qui avait fait d'abord mine de résister prit les cent pistoles et la porte.

Alors Mlle Fanchon se planta devant moi, les deux mains sous son tablier.

— J'ai accepté dix louis, me dit-elle, pour monter mon ménage un jour ou l'autre, mais sans cachotterie et comme une honnête fille. Les bijoux sont faux, les étoffes sont usées; mais tout ça a son brillant et sa tournure. C'est l'entrée en campagne; dans quinze jours, si vous êtes bon soldat, vous aurez du vrai à mettre à la place.

Elle me tira sa révérence, et je restai tout pensif· Quand elle fut partie, je voulus reprendre la suite de ma lettre, mais impossible. L'idée de faire un tour dans Paris avec mon nouveau harnais m'affolait. D'ailleurs, pourquoi se tant presser d'écrire, puisque les hautes murailles du couvent des Feuillantines se dressaient entre Hermine et moi? comment lui faire tenir ma lettre.

D'autre part, en bonne foi, je ne pouvais pas me coucher avec les poules après avoir dormi toute la journée.

Je sortis, et ce fut assurément le hasard qui me conduisit du côté de la Comédie italienne. On jouait *Arlequin procureur*, musique et paroles de je ne sais qui. Colombine était en scène au moment où j'allais prendre mon siège. Je dus pousser un cri fort inconvenant, car les yeux de toute la salle furent au même instant braqués sur moi.

Dans cette Colombine, j'avais reconnu ma vicomtesse Catiche.

IX

PREMIER SUCCÈS

Gluck est resté grand homme, et il y a bien longtemps qu'on ne parle plus de Piccinni. Nous autres Français, nous sentons la musique très vivement en tant que mode; mais j'ai idée que nous la comprenons peu. Paris tenait pour cette serinette de Piccinni contre Gluck, soutenu par la dauphine. Et, malgré la dauphine, Paris allait bientôt renvoyer Mozart découragé.

Ce sont là nos crimes d'habitude en fait de musique. Mais il n'y a pas un pays au monde où l'on aime tant bavarder musique. En 1772, quand deux bourgeois se gourmaient au coin d'une borne, il s'agissait, neuf fois sur dix, de *Zénobie* ou *d'Hélène* et *Pâris*. Il y eut des familles troublées à propos d'*Iphigénie en Tauride*. L'abbé Terray songea à frapper un impôt sur les coups de poing lyriques.

Quelqu'un d'entre vous se souvient-il de sa première soirée au théâtre? Pour ceux qui sont nés dans les villes, cette impression ne compte pas, ou plutôt elle se perd dans les brouillards de l'enfance. Mais moi, j'avais vingt-deux ans, et quand je reviens par la pensée à cette heure d'ivresse, je sens frémir encore le peu de vif-argent qui reste dans mes veines.

Ce n'était pas une salle bien splendide. On a fait mieux depuis lors, assurément; mais il me sembla que je pénétrais au centre d'un soleil d'artifice. L'assistance m'éblouissait, et je m'éblouissais moi-même avec mon Fronsac, qui papillotait sous les bougies. Que d'amours enlacés autour des galeries, et quel fouillis de roses ! Mon Dieu ! que de sourires derrière les éventails ! Une guirlande de femmes ! Je les voyais se pencher comme des fleurs hors de la corbeille trop pleine. Elles étaient toutes jeunes, même les mères. Je voyais tout joli, tendre, gai : un poids délicieux foulait ma poitrine.

Et la musique passait en ondes balancées; il me semblait qu'elle portait des parfums. Je ne la séparais pas des caresses de la lumière. Tout cela formait pour moi une confusion enchantée, où ma raison voluptueusement s'égarait.

Mais c'était sur le théâtre que la féerie prodiguait et concentrait ses plus irrésistibles séductions. Je ne sais plus bien ce qu'Arlequin procureur allait faire au moulin : il y avait un moulin, et la nymphe de la rivière s'entourait, bien entendu, de naïades. Dire combien elles étaient blanches et roses parmi le vert des roseaux serait au-dessus de ma force. Je déclare que le Tasse, quand il décrivit les jardins d'Armide, et Arioste lui-même, quand il dessina le prodigieux paysage qui encadre les illusions d'Alcine, ne virent rien d'aussi beau.

— Brava la Costa ! brava la Maraviglia !

Elle était au-dessus des autres fées comme un diamant parmi des perles. Et comme la première fois,

son aspect amena le nom de Vivette sur mes lèvres.
Seulement, je la trouvais plus jeune que Vivette.

— Brava la Catarina ! la filomela brava !

Philomèle veut dire rossignol; mais il n'y a point
de rossignol au monde capable d'égrainer ainsi le brillant
chapelet de la roulade italienne. De son gosier partaient
des gerbes d'étincelles sonores. Elle souriait. Ah ! je la
vois encore grandie et transfigurée par cette furieuse
admiration qui était froide auprès de mon transport.

La toile tomba au milieu d'un tonnerre.

Vous pensez que la téméraire idée de l'aller voir dans
sa loge ne me venait point. J'aurais certes plutôt trouvé
l'audace de frapper à la porte du pavillon de Louve-
ciennes, où demeurait la favorite du roi.

Et si je songe à Mme du Barry, c'est qu'elle avait mis
les petits nègres à la mode avec Zamore, sa moitié de
singe, et que ce fut un affreux petit nègre qui vint me
chercher de la part de Catiche.

— Lequel est le chevalier de Keramour? demanda-t-il
en son patois et avec une insolence qui me parut
superbe.

Ce fut la première fois que mon nom fut prononcé à
Paris. Il y eut un éclat de rire général. Avec ce qui me
vint de rouge sur le visage, on aurait rempli les boîtes à
fard de toutes ces dames.

Et néanmoins je me levai. Je plantai même mon
poing sur la hanche en assurant d'un coup sec mon petit
chapeau de roi. Le Zamore de Catiche s'appelait Mirliton.

— Mirliton ! Mirliton ! lui fut-il crié de toutes parts,
voilà M. le chevalier de Keramour !

— Eh bien ! dit Mirliton, qu'il vienne ! nous avons à
causer affaire avec lui.

Nouvelles gaietés. Je ne crois pas que je sois par nature un rodomont, mais c'était la première fois que je me trouvais à pareille fête.

— Puisqu'on vous a appris mon nom, dis-je au public d'une assez bonne voix, je vais vous donner l'adresse.

En même temps je pris au collet à droite et à gauche deux braves garçons, qui cessèrent de rire, et je les fis s'embrasser un peu rudement, en les chargeant de faire savoir aux autres le numéro de mon hôtellerie.

J'eus les rieurs de mon côté incontinent, et je me souviens d'une grosse mère, perchée tout en haut avec un cannonier du régiment de Maillebois, qui cria :

— Bonne auberge, rue Saint-Honoré, au Cygne de la Croix ! C'est moi qui fournis la marée.

On applaudit la grosse mère, et, pendant que je traversais la salle, toutes les loges m'envoyèrent des baisers.

Catiche me jeta ses deux bras autour du cou. Elle avait les larmes aux yeux. Faut-il l'avouer? je la trouvai moins jolie dans sa loge que sur la scène. Je n'étais pas assez civilisé pour découvrir « mille charmes », comme on disait alors, au milieu des pharmacies de sa toilette.

Elle s'informa tout d'abord de Mlle de Bois-le-Roy. L'histoire de mon aventure nocturne éveilla passionnément sa curiosité. Quand je prononçai le nom singulier de ce bandit : « Vide-Gousset », elle devint pâle comme la batiste de sa guimpe.

— Sauriez-vous bien retrouver l'endroit? me demanda-t-elle.

— Rien de plus facile : c'est juste en face de la maîtresse porte du couvent.

Elle fut du temps avant de reprendre sa gaieté, et je l'entendis murmurer plus d'une fois :

— S'il est à Paris, nous aurons du fil à retordre !

Pour ramener son sourire, il fallut le récit du fameux repas sentimental servi par Hermine au Cygne de la Croix de Laval.

— C'est bien vrai, me dit Catiche, qu'elle est payée pour avoir peur. Je suis sûr qu'elle pleure comme une Madeleine là-bas, dans sa cellule. J'irai la voir. Depuis mon retour à Paris, je n'ai pas encore eu le temps de souffler. Elle est votre fortune, vous savez : c'est réglé une fois pour toutes, et vous reprendrez un de ces jours votre joli roman, juste au point où vous l'avez laissé. Mais je suppose que vous avez envie de connaître un peu le monde en attendant...

— J'ai envie de sécher ses larmes, interrompis-je avec une entière bonne foi, j'ai envie de la rendre heureuse.

— Ah ! s'écria-t-elle, le bon billet qu'a Vivette ! Si on vous laissait entrer comme cela dans votre petit ménage, chevalier, sans avoir fait la moindre promenade alentour, ce serait un enfer. Avez-vous confiance en moi ?

Je portai sa jolie main à mes lèvres. Il y avait des moments où elle ressemblait si étrangement à Vivette, que j'en avais le cœur tout tremblant.

— Sans cette main-là, dis-je, je dormirais là-bas, vers le fond de Bois-le-Roy, à côté de ce brave M. Leker.

— Mon petit fusil, répondit-elle, est pendu dans ma chapelle : j'en ai fait une relique. Je n'ai jamais tué avec que le faisan de la forêt de Rennes et l'homme qui allait vous assassiner. J'ai faim : venons souper.

Un de ces nouveaux petits carrosses, bas sur les roues, à la mode anglaise, qu'on appelait « pamélas », attendait Mlle Costa derrière le théâtre. Dans le carrosse, un gros garçon d'une trentaine d'années, magnifiquement costumé, croquait le marmot. Il se pencha à la portière, et s'écria en me lorgnant :

— Ah ! bon ! nous avons M. de Keramour !

— Vous le connaissez déjà? demanda Catiche.

— Quand je suis entré à la comédie, on ne parlait que de lui, de vous et de Mirliton.

— Alors, je n'ai pas besoin de vous le présenter, mon ami.

Elle se tourna vers moi et ajouta avec une belle révérence :

— Chevalier, ce n'est que Lavauproy, mon sousfermier général, qui sera trop heureux d'être de vos intimes...

— Comment donc ! interrompit le gros garçon, encore plus heureux que cela !

Et il me tendit sa main, qui avait cinq cents écus de manchettes.

Catiche continua :

— Il a de l'esprit sans que ça fasse scandale et gagne des argents monstrueux. Montez, chevalier.

Lavauproy quitta aussitôt le fond pour me faire honneur. C'était vraiment un aimable homme, et qui sentait presque aussi bon que M. Patu. Mais, grand Dieu ! comme mon fronsac paraissait gothique auprès de ses atours !

Qand nous arrivâmes dans le grenier de Mlle Costa, je faillis tomber de mon haut. C'était encore bien plus beau que le moulin de la comédie. Jamais je ne me serais figuré si charmant le nid de ce charmant oiseau.

Il y avait une table servie avec deux couverts. Lavauproy avança la main vers une sonnette.

— Pour quoi faire? demanda Catiche.

— Pour que Mirliton apporte un couvert.

Elle se mit à rire, montrant d'un coup toutes ses belles dents si gaies.

—Ah ! bah ! fit Lavauproy, qui avait compris : du moment que c'est pour affaires...

Il reprit son chapeau, qu'il avait déposé sur un meuble, et me serra chaleureusement la main.

Nous étions seuls. Catiche mit les deux couverts du même côté et me dit :

— Vous voyez bien que ce n'est pas une bête.

X

OU JE METS EN UN SEUL PAQUET TOUS LES ORAGES
DE MA JEUNESSE

Je n'ai jamais été ce qu'on appelle un mauvais sujet
En tous cas, le petit orage de ma jeunesse ne s'est pas
prolongé au delà de quelques semaines. Ce n'est pas
pour vous le raconter que j'ai pris la plume, bien au
contraire : je vais glisser dessus comme un patineur
traverse la rivière, en trois enjambées, et mes pauvres
fredaines tiendront à l'aise en un demi-chapitre.

Maintenant que des révolutions si graves ont passé
sur le frivole pays, personne n'a souvenir sans doute du
jeune cadet de Bretagne qui fut pendant deux ou trois
mois la coqueluche de Paris. Tant d'autres célébrités du
même genre avaient flori avant moi, tant d'autres flo-
riront après et se faneront tour à tour ! Pauvre métier
que celui de fleur démissionnaire ! Heureusement pour
moi que j'ai tourné tout en fruit.

Quoi qu'il en soit, il est certain que, dans la capitale
des lumières, le chevalier de Keramour (autrement dit
Amour tout court) et sa bague de chanvre eurent un

instant de bruyante popularité. Le vieux roi me voulut
voir; Mme la princesse Czartoriska essaya de m'ouvrir,
comme on casse un joujou pour savoir ce qu'il y a dedans;
M. de Richelieu me déclara la guerre, et Mme du Barry
me fit proposer tout uniment d'acheter ma diablerie à
dire d'experts. Cagliostro ne vint qu'après moi.

Si le lecteur, abusant de sa supériorité, me posait
impérieusement cette question : « Croyez-vous à la corde
de pendu? » je serais en vérité bien embarrassé. J'ai
été philosophe et je suis bon chrétien. A cet égard, je
crois que Joson, mon ancien page, eut toujours des opi-
nions beaucoup mieux arrêtées que les miennes.

Les affaires que je pouvais avoir avec Catiche ne
mirent aucune espèce de brouille entre elle et mon nouvel
ami Lavauproy, qui occupait un fort joli grade dans
l'armée des jeunes traitants. L'abbé Terray le voyait
d'un bon œil, parce qu'il pillait résolument et sans vergogne. C'était, du reste, un aimable compagnon, et
Catiche lui faisait rendre gorge avec l'exactitude d'une
dose d'émétique.

Voici donc comment les choses se firent pour mon
entrée dans le monde. Lavauproy, à qui j'avais été imposé par Mlle Costa, me présenta à sa femme, très
agréable bourgeoise, qui recevait M. de Lorges à sa
maison de campagne, en tout bien tout honneur;
M. de Lorges me conduisit chez la présidente d'Espré-
ménil, qui me faufila avec Mme Mirabeau-Tonneau, qui
me lança tête première au jeu de Mme la duchesse de
Luynes.

Et vogue la galère ! huit jours après, j'étais de la cour.
Dans quelle posture? mon Dieu ! Vous savez que mon
oncle Le Bihan prétendait à bon droit au trône de Bretagne. Calotte à papa ! Keramour n'était pas non plus

du petit cidre, à ce qu'il paraît : car M. d'Hozier prit la peine de me mettre au four une généalogie qui remontait au bon duc Judicaël. Je ne sais plus bien si j'étais Blois ou Montfort du temps de Bertrand du Guesclin; mais j'étais quelque chose, et je cousinais aussi avec Richard Cœur de Lion. Il y en avait pour cent louis, prix de fabrique.

Je dotai magnifiquement la vertueuse Fanchon de Nanterre, qui m'avait protégé contre M. Patu. Elle eut, en outre, le Fronsac et le Saulx-Tavannes, dont je n'aurais pas voulu pour mon petit laquais. Je forçai Catiche à accepter un bracelet de mille pistoles, et elle m'en voulut mortellement.

Catiche valait mieux que moi, mieux que je ne valais en ce temps. Je roulais littéralement sur l'or. Rien ne me coûtait. Je faisais crédit à des ducs et pairs, et je vidais la caisse des fermiers généraux.

D'où me venait cette opulence? à quel métier battais-je ainsi monnaie?

Il y a le conte du petit Corentin Quimper, qui acheta Landerneau et la lune avec le précepte du bossu : « Donne aux riches et vends aux pauvres. » Il y a l'histoire de Justique, qui gardait les canards et qui devint princesse, parce qu'elle avait découvert que la fille du roi avait les pieds palmés. Il y a le rameau d'ivoire de Caprillis, au pays de Vannes, et la dent du loup de Kerautem. Moi, j'avais la corde de M. Legall, tressée avec les cheveux de Vivette.

Je ne sais pas si c'était ma petite chérie qui me protégeait, ou le pendu; mais mon âme était au diable, au moins pour trois bons quarts, et le quatrième ne tenait plus. Tous les genres de gloire sont bons, au moins je le croyais : car je me laissais aller à ma vogue, et tout ce grand bruit que Paris faisait autour de mon talisman, me flattait comme s'il eût été question de mes mérites ou de mes vertus.

J'écoutais ces mots : « la bague de chanvre », que la foule murmurait sur mon passage, avec une grande satisfaction d'orgueil. Je jouais beaucoup, mais pas autant que vous pourriez le croire : il m'arrivait de faire le fier et le cruel. J'avais des commisérations. Je ne thésaurisais pas. Je ne demandais à mon incroyable bonne chance que ce qu'il fallait pour jeter l'argent à poignées par les fenêtres.

Le vieux duc de Richelieu voulut jouer contre moi une singulière partie : neuf coups disposés en martingale de parolis simples, en partant de dix pistoles; une seule partie par jour et chaque partie chez une nouvelle dame, pour rompre la veine. Je gagnai, et donnai mes 2.500 pistoles à l'hospice des Enfants trouvés. Le maréchal daigna déclarer l'allusion passable.

Mais il me garda rancune.

Ce que je reçus de billets doux et de bouquets, à quoi bon le dire? Des philosophes aussi me firent l'honneur de m'écrire, et même des théologiens. Le bon Pâris-Duverney m'envoya Beaumarchais, pour voir s'il n'y aurait pas moyen de mettre ma corde en actions de cinq cents livres au porteur.

Étais-je heureux? Je n'avais pas le temps de me demander cela. Le tourbillon m'emportait. Je n'avais reçu aucune réponse de Guidel, et je ne faisais aucun effort pour mener plus loin mes informations. Catiche et moi, nous étions bons amis assurément; mais, de manière ou d'autre, je ne la voyais presque plus, et il y avait je ne sais quelle pitié dans son sourire.

Ce n'était qu'une bien pauvre fille, après tout; mais

elle m'aimait de tout le bien qu'elle m'avait fait. A mon endroit, sa fierté était placée plus haut que par elle-même.

Une fois elle me parla de Mlle de Bois-le-Roy. Ah ! je n'avais pas à me reprocher de l'avoir oubliée, celle-là. Pas plus que Vivette, du reste. Mon Dieu, je me souvenais de tout le monde; seulement, mon souvenir ne profitait à personne.

Hermine était malade à son couvent, bien changée et bien désespérée. Il y avait autour d'elle une mystérieuse persécution. Jusqu'au fond de sa cellule, des avis lui parvenaient qui dénonçaient mes folies et le dérèglement de ma conduite. Elle me croyait perdu sans ressource et damné. Catiche me dit :

— Vous la ferez mourir !

— Faut-il donc alors l'enlever? m'écriai-je. Rien ne me résisterait. Vous pensez bien que je n'ai plus besoin de sa fortune, n'est-ce pas? Ce que j'ai, Dieu merci, vaut mieux que toutes les fortunes du monde !

Elle me regarda en dessous.

— Le vicomte Bertrand avait aussi du bonheur au jeu ! murmura-t-elle.

Je me mis à rire, et je demandai :

— Que devient-il, notre apôtre Saint-Pierre?

— Gaston ! Gaston ! s'écria-t-elle, moi, je ne crois pas à la corde de pendu, et j'ai connu quelqu'un qui trichait si bien ! Prenez garde !

Elle avait, ma foi, des larmes dans les yeux.

Le soir même de ce jour et pour la première fois, Joson Menou, qui était maintenant de la livrée de M. le duc d'Aiguillon, m'offrit son respect dans la cour du contrôle général.

— Fils de gabelou (je ne parle point de vous), me

dit-il, ça me fait tout de même plaisir de vous voir,
Monsieur le chevalier, rapport à la paroisse de Guidel,
d'où nous sommes. Je m'en ai allé d'avec vous rapport à
la découchée. J'aimais mieux ne pas attendre à vous
voir tourner tout à fait au fripon. Je ne mens pas.

Je prie le lecteur de bien faire la différence des styles.
Les sévérités de Joson Menou n'étaient pas du tout du
même genre que celles de Catiche. Outre la « découchée »,
il ne me reprochait rien que d'avoir causé avec des demoiselles en venant de Bretagne à Paris.

— Es-tu content, Joson? lui demandai-je.

— Quant à ça, oui; et vous aussi, à ce qu'on dit. Vous
me laissiez le long de la route, mais paraît que vous
aviez emporté itou un petit bout de filasse. Ah! dame!
c'est bon.

— As-tu reçu des nouvelles du pays?

— Brin en tout! Il y a trop loin. Bonsoir-à-revoir,
Monsieur le chevalier! Moi, on ne sait point si j'en ai;
et vous, on en bavarde comme si vous étiez le capitaine
Vide-Gousset. Je veux garder ma réputation, sur et
vrai. Ne dites pas que vous me connaissez.

Il me tourna le dos poliment.

Le Vide-Gousset dont parlait Joson, n'était pas l'abbé
Terray, mais bien mon Vide-Gousset à moi : le mystérieux président du conciliabule de la rue des Feuillantines. Le souvenir de cette nuit avait le don de mettre
un peu de noir dans mes idées roses. On avait prononcé
mon nom là-bas : les voix des bandits entendues dans
cette caverne sonnaient au fond de ma mémoire comme
des menaces personnelles.

La pensée de Mlle de Bois-le-Roy fut éveillée en moi
plus vivement que par la parole même de Catiche. Je
me reprochai mon abandon avec une singulière amer-

tume. Et comme toujours, Vivette, qui semblait être aux aguets sans cesse autour de mon cœur, m'apporta son sourire teinté de mélancolie. Chose singulière ! ce bien-aimé petit spectre de Vivette n'était pas l'ennemi de Mlle de Bois-le-Roy, au contraire.

Pour m'excuser vis-à-vis de moi-même, j'en vins jusqu'à me dire que ma présence à l'hôtel de l'abbé Terray avait bien quelque relation avec ma tendresse pour Hermine. On sait que Mlle de Bois-le-Roy était la parente de M. Terray du Coudray, frère du contrôleur général. Dans cette maison quelque occasion pouvait se produire, et certes je me rendais justice : j'étais homme à la saisir.

Malheureusement, cet excellent motif ne m'était venu qu'après coup. On jouait gros jeu chez l'abbé Terray, « un jeu noir » comme on disait, et ce remarquable homme d'État passait pour être le maître de son éternel rival Vide-Gousset, les cartes à la main. Il avait le doigt lourd mais net, et filait les séries avec une autorité qui valait cent fois la souplesse.

Mon entrée fit une certaine sensation. Je n'avais pas encore eu l'honneur d'être admis chez le grand directeur de nos finances d'État. Pour la première fois peut-être, je remarquai une forte dose de malveillance dans la curio-sité dont j'étais l'objet.

Les dames cependant me parurent tenir bon en ma faveur. Le coin de Mme du Barry régnait là despoti-quement. Le petit Fontrailles, qui allait le matin à Luciennes, appelait l'abbé *son oncle* ou « le grand hous-soir », parce qu'il décrochait les épargnes, tout en haut des armoires, sans avoir besoin d'échelle.

Je n'ai jamais rien vu de plus hideux que l'abbé Terray, qui restera comme un des financiers les plus intelligents et les plus coquins de notre histoire. Il avait près d'une toise de haut, des pieds immenses et des genoux en forme de tête de mort. Ses mouvements étaient ceux d'un rhinocéros. Loin de faire des cadeaux aux dames, il leur empruntait leurs bijoux en manière de plaisanterie, et ne les rendait point.

Son valet était dressé à vendre pour son compte tous les objets qu'il rapportait le soir dans ses poches, et ils se disputaient à ce sujet tous les deux comme des crocheteurs.

Son valet le tenait bien : il savait de grosses choses.

Quand Fontrailles me nomma, l'abbé dit :

— Ah ! ah ! c'est celui-ci, la bague de chanvre?

Et tout de suite après il reprit :

— Savez-vous qu'on pourrait bien frapper le sixième denier là-dessus?

Nous fûmes séparés par Maupeou neveu, qui venait lui parler affaires.

L'instant d'après, j'étais le centre d'un cercle très bruyant, moitié rieur, moitié agressif, où l'on me chargeait à fond de train pour ma bague de chanvre.

Il est certain que si j'avais voulu ou su faire du mystère, j'aurais rendu Paris tout à fait fou. Non seulement je ne trichais pas au jeu, mais encore je tenais les cartes avec une remarquable maladresse; c'est à peine si je connaissais la règle du tric-trac, et, quant au billard, je ne savais pas ce que c'était avant de quitter la Bretagne Eh bien ! je gagnais à tous les jeux de cartes, indistinctement, les plus forts « académiciens »; au tric-trac, ma partie était toujours dans mon cornet, et au billard, ni de Mouy, ni d'Herbelot, ni Fauvet de Champré lui-même ne pesaient une once auprès de moi.

Je dois dire que l'on jouait à bout plat. J'ai vécu assez

pour voir les ressources nouvelles ajoutées à l'ancien
jeu par une rondelle de cuir. Contre des virtuoses comme
ceux qui étonnèrent Paris dès la fin de l'empire, je crois
que la corde de pendu aurait tort. Il faudrait voir.

Ce que je veux établir, c'est que je gagnais en dehors
de tout calcul des probabilités et sans qu'il y eût effort
de ma part. J'ajoute que je n'avais pas généralement de
ces jeux écrasants qui broient une partie. J'avais ce
qu'il fallait, ni plus ni moins.

Et comme cela durait depuis deux mois grandement,
sans qu'il se fût produit dans ma veine la plus légère
intermittence, j'aurais pu, sans contredit, amasser un
très sérieux avoir.

On m'objectera, je le pense bien, que les adversaires
m'auraient bientôt fait défaut. C'est là une erreur, pour
deux motifs : d'abord, cette époque enragée ne demandait
pas mieux que de jouer contre le diable; ensuite, connais-
sez-vous bien la corde de pendu? On y croit ou on n'y
croit pas; mais il faut la prendre telle qu'elle est, et
M. de Sartine, qui était très versé dans ces graves sujets,
professait que, vis-à-vis du porteur de ce charme, « on
n'est pas maître de ne pas jouer ».

Allons jusqu'au bout des objections pendant que nous
y sommes. Est-il donc si difficile de se procurer un brin
de chanvre de la corde d'un pendu? et si c'est facile,
comment toutes les brebis de ce troupeau des joueurs
superstitieux entre toutes les catégories superstitieuses
ne s'arrangent-elles pas de manière à conquérir chacune
un petit bout du nœud?

D'abord, cela ou autre chose, les joueurs ont presque
tous des amulettes. J'ai connu un membre du haut parlement d'Angleterre qui avait une montagne, à poste
fixe, dans la poche de son frac : c'était une rotule entière

de cheval, dont le propre était de faire gagner celui
qui la portait.

Sa Seigneurie perdait toujours.

Il y a des cordes de pendu qui ne valent pas mieux
que cette relique.

Je me souviens d'avoir lu dans Bernardin de Saint-
Pierre la description enchantée d'une belle forêt de
l'Ile-de-France, où Paul cherchait un oranger pour
étancher la soif de Virginie. Dieu merci ! les arbres à
pommes d'or ne manquaient pas dans ce paradis ter-
restre; et cependant Paul goûta les fruits de vingt oran-
gers avant d'en trouver un qui produisît des oranges
douces.

Ainsi pour les pendus : sur vingt pendus, il n'y en a
quelquefois pas un de bon.

Le pauvre Legall était bon. Pourquoi? je n'en sais
rien; mais je peux du moins noter ici pour vous quelques-
unes de ses qualités : il était chantre, roux de poil,
grand chiqueur de tabac, ivrogne, gourmand et malheureux en ménage. Puisse ce signalement vous conduire à
la corde d'un pendu de son mérite !

Les autres sorciers de ce siècle à la fois sceptique
et crédule n'avaient même pas la corde de M. Legall.
Je les dominais de la tête, et il ne tenait qu'à moi de me
faire toute une église de sectateurs; mais il n'y avait pas
en moi un atome de charlatanisme. Dès qu'on me mit
sur la sellette, je répondis avec la franchise la plus can-
dide, et tout le monde aussitôt voulut voir mon talisman.

De tous les coins du salon les curieux affluèrent, les
curieuses surtout, et je fus littéralement submergé par
un flot de charmantes femmes.

Justement, ma bague de chanvre était habillée de

neuf. C'était bien le moins que j'eusse pu faire, n'est-ce pas, après tous les services qu'elle m'avait rendus? Ce matin même j'avais choisi chez un joaillier un superbe médaillon d'or enrichi de brillants, où j'avais logé ma chère amulette, et je la portais pendue à mon cou sous ma chemise.

Pendant que je déboutonnais ma veste, après en avoir obtenu permission expresse, je sentais le feu des haleines sur mon front. Il y avait trois ou quatre douzaines de prunelles dévorantes braquées sur moi. Ma main se glissa sous la dentelle de mon jabot; mais, avant de retirer l'objet, je voulus relever mon regard à la ronde, pour bien jouir de la curiosité qui m'entourait.

Je ne saurais dire comment cela se fit : une figure me cacha toutes les autres. Elle était en dehors du cercle et penchée par-dessus les coiffures de deux belles dames.

Elle disparut avant que je l'eusse reconnue.

Mais aussitôt qu'elle eut disparu, le souvenir me revint.

C'était le visage, ma foi, fort agréable et joyeusement éveillé de mon ancien donneur d'eau bénite du porche de Vitré : l'apôtre Saint-Pierre.

XI

LA TABATIÈRE DE M. DE SARTINE

Avant même d'avoir reconnu le vicomte de Saint-Pierre, j'avais éprouvé à sa vue une impression presque douloureuse, tant l'effort que je faisais pour commander à ma mémoire était intense; dès que j'eus mis son nom sur son visage, toute mon émotion tomba.

Il ne m'étonna pas beaucoup que l'apôtre Saint-Pierre, si vraiment c'était lui (car je l'avais vu seulement comme un éclair), ne manifestât pas un vif empressement à renouveler ma connaissance.

Je revins à mon cercle, dont j'examinai les figures. C'était curieux, mais c'était triste. Il y avait là de grands savoirs et de beaux esprits. J'affirme qu'un paquet de pensionnaires et d'écoliers n'aurait pas trahi un empressement plus enfantin pour voir ma corde.

Le médaillon fut trouvé fort beau. Vingt jolies mains résolument indiscrètes se tendirent pour me l'emprunter. Je ne me laissai pas séduire, et je déclarai qu'on n'y pouvait toucher que des yeux.

Au moment où mon doigt pressait le bouton, un re-

cueillement se fit, et, parmi les charmantes païennes qui
m'étouffaient, il y eut juste quinze signes de croix furtifs.
Elles étaient esprits forts, mais elles portaient reliques.
La grosse philosophe qui tenait en ordre le ménage
de l'abbé contrôleur général, insultait Dieu tant qu'on
le voulait, et cousait des versets de vêpres dans les dou-
blures de ses jupes.

— La bague de chanvre !

Ce fut un cri contenu, plein d'onction et de piété.
Je ne dirai même pas les marchés qui me furent proposés
tout bas, séance tenante.

La foule grossissait. Il y eut un grand soupir de regret
quand je fermai mon médaillon pour le remettre à sa
place.

— Et vous osez sortir le soir avec cela? demanda
Mme de Fitz-James, qui avait de brusques démanche-
ments de mains.

— Je ne suis pas une voleuse, murmura Mme d'Aumont; mais, si je vous trouvais endormi, chevalier...

Et les autres :

— Chevalier, venez au jeu, et voyons s'il y a quelqu'un
d'assez brave pour vous tenir tête !

J'allai au jeu. En vérité, je ne craignis pas de tuer
ma poule aux œufs d'or. Il me semblait que j'étais à
l'abri de toute mésaventure quelconque. Ce n'était pas
de la foi que j'avais, c'était cette insouciance absolue
qui fait les trois quarts de toutes les réussites. Je laissai
tomber quelques louis sur le tapis vert; je gagnai, et je
m'éloignai au milieu de mon triomphe constaté.

En passant d'un salon dans un autre, je crus voir
pour la seconde fois le vicomte de Saint-Pierre qui se
faufilait dans les groupes. Nous n'avons pas oublié qu'il
se disait parent du ministre, et que ce dernier l'avait

plus d'une fois couvert de sa protection dans de fort vilaines affaires. Quelqu'un venait de quitter le vicomte. Ce quelqu'un me salua légèrement en passant, et je reconnus avec étonnement le vieux maréchal de Richelieu, qui me dit :

— Chevalier, vous me devez toujours ma revanche.

— A vos ordres, Monsieur le duc, tous les jours, à toute heure.

Il m'adressa un signe de tête protecteur et passa.

— M. de Keramour, je crois? dit une voix grave derrière moi.

Je connaissais parfaitement de vue M. le lieutenant général de police, et ce ne fut pas sans surprise que je me vis accoster par un personnage si considérable. Je saluai avec respect.

— Bonne noblesse du pays de Lorient, reprit M. de Sartine. N'essayez pas de savoir qui je suis : c'est inutile.

En parlant, il m'entraînait tout doucement vers une embrasure.

C'était un magistrat d'une habileté proverbiale et très fort à la hauteur de ses importantes fonctions. Mais si quelques-uns, parmi mes lecteurs, me regardent comme un peu fou à cause de ma bague, nous étions à deux de jeu, M. de Sartine et moi; il aurait même pu me rendre des points.

Il n'en convenait pas, mais il croyait avoir le don de se transformer à l'aide de certains artifices de toilette, et surtout en changeant de coiffure. On disait de lui qu'il avait la perruque de Gygès.

— M. de Keramour, me dit-il quand nous fûmes seuls, croire à la réalité de certains phénomènes juxta-naturels est imprudent; les nier, c'est parfois faire preuve d'une méprisable ignorance. Voulez-vous me confier un instant votre anneau, dans ma main? Je n'en abuserai pas, je vous le promets.

— Très volontiers, répondis-je sans hésiter.

Il parut content, et me remercia du regard pendant que j'atteignais de nouveau mon médaillon. Je l'ouvris, j'y pris la bague, et je la déposai dans le creux de main. A l'aide d'un monocle assez puissant, qu'il portait suspendu à un large ruban de soie noire, il examina l'objet attentivement, mais sans cesser de parler.

— Les médaillons d'or rehaussés de brillants, Monsieur le chevalier, fit-il observer, sont les plus mauvaises de toutes les armoires. Tel qui n'aurait pas envie de voler le contenu, est affriolé par le contenant. Je regarde volontiers à droite et à gauche ce qui borde ma route : je vous ai vu jouer, tenter la fortune avec une remarquable loyauté, je dirai même avec une maladresse que j'ai prise longtemps pour affectée.

Cependant vous gagnez toujours.

— Toujours, répétai-je.

— Avez-vous l'idée de ce que je puis être, Monsieur de Keramour?

— Un joueur.

Le mouvement de tête qu'il m'adressa, était une véritable caresse. Il avait de ces gratitudes envers ceux qui respectaient son incognito. Il me demanda encore :

— Vous est-il arrivé de perdre quelquefois?

— Une fois.

— Ah ! fit-il vivement.

Je continuai :

— C'était contre le pauvre marquis de.... Mais pourquoi dire son nom? je *voulais* perdre.

Il s'inclina en signe de bienveillante approbation.

— Et quelqu'un a-t-il jamais refusé de jouer contre vous?

— Personne.

— Cela pourra venir, dit-il en retournant ma bague dans sa main pour l'examiner de l'autre côté.

Je fus piqué.

— Je parie avec vous, dis-je, que je trouve ici même et à l'instant à faire ma partie de cent mille écus !

Il me rendit mon anneau de cet air doux et discret qui remet les gens trop familiers à leur place ; mais il n'était pas fâché contre moi : car il tira de sa poche un écrin plat, un peu plus large qu'une tabatière, et il pesa sur le bouton lentement.

— J'ai fréquenté autrefois, reprit-il, avec infiniment de plaisir, car c'est un homme aimable, M. le comte de Saint-Germain, qui est maintenant à Londres, observateur d'État pour deux cours du Nord. Il m'a dit souvent être âgé de dix-sept cent et quelques années. Je ne sais pas ce dont il « se sert ». La regrettée Mme de Pompadour « se servait » d'un œuf de coq : c'est M. le duc d'Orléans qui le possède à l'heure qu'il est. M. de Flamarens avait une pierre de lune : j'ai rarement rencontré un homme plus favorisé par le sort ; si fait, pourtant, milord Grosvenor, qui avait, comme vous, de la corde de pendu.

Il ajouta en ouvrant enfin sa boîte :

— Car c'est de corde de pendu que « je me sers », J'en ai un jeu probablement unique au monde, et je suis un des hommes les plus mal chanceux de l'univers : expliquez cela, Monsieur de Keramour.

Il me tendit son écrin, qui était de forme carrée et portait neuf petites cases sur chaque côté, comme une table de multiplication : ce qui donnait juste la place où mettre quatre-vingt-un échantillons. C'est à peine s'il y avait une demi-douzaine de cassettes vides.

Je ne me souviens pas d'avoir éprouvé en ma vie un plus impérieux besoin de rire aux éclats. Si j'avais ri, j'étais perdu, car M. de Sartine devait avoir, bien peu d'heures après cette scène, mon existence même entre ses mains.

Heureusement, je gardai mon grand sérieux, et je me mis à examiner sa collection de brin de chanvre avec une attention qui ne le cédait en rien à la sienne.

— J'en attends cinq d'Angleterre, reprit-il, et le garde du bois de Vincennes m'a promis le nœud même de son premier pendu. Je ne crois absolument pas à tout cela, bien vous pensez.... et vous?

— Moi, j'y crois dur comme fer, m'écriai-je.

Pour le coup, il me serra la main.

— C'est peut-être là le joint ! fit-il d'un air pensif : la foi.... Vous êtes un charmant jeune homme, Monsieur le chevalier, et je suis fort à votre service.

Il s'éloigna de son pas grave et presque majestueux; j'allais le suivre, quand je me sentis retenu par la manche de mon habit. Je ne me doutais pas qu'il y eût quelqu'un près de moi : et pourtant mon nouvel interlocuteur n'était pas de ceux qui se dissimulent aisément dans un pli de draperie. C'était un magnifique cavalier, portant l'uniforme de la maison du dauphin. Il me sembla tout d'abord que j'avais vu déjà cette belle tête de penseur juchée sur un corps d'athlète.

— Eh bien ! chevalier, me dit-il d'une voix sonore et franche, qui éveilla aussi en moi un vague souvenir, je suis heureux de vous trouver tout à fait rétabli. La dernière fois que nous nous sommes rencontrés, vous aviez autre chose en tête que de jouer trois cent mille francs au pharaon ou au passe-dix.

— Vous étiez aux écoutes, à ce qu'il paraît, m'écriai-je.

Mais à cela ne tienne ! aidez un peu ma mémoire : j'ai une idée que vous ne me voulez point de mal.

— En vérité, je ne sais pas trop qu'en dire. Si je vous avais laissé glisser à tous les diables, là-bas, au Cygne de la Croix de Laval....

Je l'interrompis par une chaude poignée de main.

— Morbleu ! fis-je, vous êtes l'abbé Olivier de Raguenel ! mon médecin qui venait à Paris pour être juge ou chevau-léger du roi ! Souffrez que je vous remercie. Votre potion fit bonnement miracle.

— Chevalier, me dit-il, vous eûtes d'autres soins meilleurs que les miens. Et puis, quel docteur peut se flatter d'être pour quelque chose dans la guérison d'un gaillard comme vous, qui a le diable dans sa poche? Venons au fait : je suis ici pour vous, et j'ai certaine hâte de savoir si nous allons être tous deux une paire d'amis, ou bien si, en sortant d'ici, nous uons couperons la gorge sous un réverbère.

XII

DOCTOR IN QUOCUMQUE

La pièce où nous nous tenions, Olivier de Raguenel et moi, était momentanément déserte. Je m'étonnais qu'il eût pu arriver jusqu'à la fenêtre sans que M. de Sartine ou moi nous l'eussions entendu.

Je n'ai pas besoin de dire que les dernières paroles de M. de Raguenel me mirent sur la réserve.

— Aurai-je eu le malheur, demandai-je, de vous offenser sans le vouloir?

— Il ne s'agit pas de moi, me répondit-il. Vous ne vous conduisez pas bien envers une dame de ma connaissance.

— Oh! oh! fis-je, tourné comme vous l'êtes, capitaine, vous devez avoir un grand nombre de protégées. Soyez assez bon pour aider mon examen de conscience.

M. de Raguenel était sérieux et même triste, mais son accent n'avait rien de provoquant quand il reprit :

— J'ai l'honneur d'être le cousin de Mme de Soyecourt...

— Sur ma conscience ! m'écriai-je avec un véritable soulagement, je n'ai jamais eu le plaisir de me rencontrer avec elle.

Il sourit et murmura :

— Je vois bien que vous n'aimeriez point m'avoir pour ennemi, et je vous en offre autant de tout cœur ; mais cela ne dépend ni de vous ni de moi. Je vous prie de me laisser poursuivre. Mme de Soyecourt a dépassé la soixantaine. Elle est supérieure au couvent des Feuillantines, au faubourg Saint-Jacques... Vous voilà qui devenez attentif !

C'était vrai. Mon souvenir des choses qui s'étaient passées à Laval dans la nuit de notre arrivée était extrêmement confus. Néanmoins, je ne pouvais avoir oublié cette circonstance, que M. de Raguenel et Hermine s'étaient rencontrés à mon chevet.

Il y a plus : c'était bien certainement à cause d'Hermine que les traits de M. de Raguenel, à peine entrevus dans les demi-ténèbres d'une chambre d'auberge, à cette heure où je ne valais guère mieux qu'un agonisant, étaient restés gravés en moi.

— Il s'agit de Mlle de Bois-le-Roy, dis-je, étonné moi-même de la grande émotion qui oppressait ma poitrine. M'apportez-vous un message de sa part ?

— Non, répliqua sèchement notre beau capitaine.

Il reprit après un silence :

— J'ai fait un grand nombre de métiers. Il y a des personnes dont l'approche réveille la fierté, même chez ceux qui ont souffert beaucoup et jeté de côté vaillamment, non pas l'honneur, mais l'orgueil. Quand j'eus remis sur mon dos du drap de gentilhomme, je cherchai tout de suite Mlle de Bois-le-Roy pour lui rendre les cinq louis qu'elle m'avait prêtés.

— C'était le prix de votre consultation, voulus-je dire.

— Je vous fais observer, interrompit-il avec quelque hauteur, que je puis être humble vis-à-vis de vous et de tout le monde; mais j'étais fier quand il s'agissait de Mlle de Bois-le-Roy.

Malgré sa prétendue humilité, il me regardait entre les deux yeux si droit et si dur, que je sentais déjà battre mon épée dans son fourreau. Il continua :

— M. Terray du Coudray, à qui je m'adressai, m'apprit qu'elle s'était cloîtrée aux Feuillantines. J'allais trouver ma tante la supérieure, et, au premier mot que je prononçai, elle joignit les mains en s'écriant : « Mon neveu, c'est une providence ! Voilà le parti qu'il vous faut ! La jeune personne ne sera jamais religieuse, et elle a cinquante mille écus de rentes en bien venu. » Je vous dis cela, Monsieur le chevalier, pour que vous compreniez bien que ma tante et moi nous voyons les choses à deux points de vue fort opposés.

Je m'inclinai en souriant, et il fronça le sourcil.

— Grâce à Mme de Soyecourt, reprit-il, je fus admis auprès de Mlle de Bois-le-Roy.

— Voilà une honnête supérieure ! m'écriai-je.

Il rougit, mais il ne protesta point. En toute ma vie, je n'ai pas connu un plus galant homme que M. le comte Olivier de Raguenel.

— Mlle de Bois-le-Roy, continua-t-il, me parla de vous.

— En mal?

— Je ne puis dire cela.

— En bien?

— Malheureusement oui.

— Et vous fîtes chorus, je l'espère?

— Ne raillez pas, Monsieur : je vous parle sérieusement.

— Je ne raille pas, capitaine. Je suis sûr que vous ne m'avez pas calomnié.

— Je n'ai jamais calomnié personne, mais je n'ai jamais menti non plus. Il me peinait qu'elle eût mis sa confiance et son espoir en vous.

— Vous eussiez préféré qu'elle vous eût choisi, n'est-ce pas?

— Cela eût fait le bonheur de ma vie, Monsieur.

Il releva ses yeux sur moi, ses yeux pleins de pensée et de loyauté. Je lui en voulais et j'étais attiré vers lui : bonnes conditions pour croiser le fer. Je ricanai, parce que je ne voulais pas paraître ému; mais il avait le coup d'œil trop sûr pour ne pas lire mon trouble à travers cette grimace. Je le dis comme je le pense : il était fort au-dessus de moi.

— Les femmes comme elle, murmura-t-il, aiment souvent des gens comme vous.

— Je suis joueur, dis-je : je permets au perdant de se plaindre. Mais ne vous formalisez pas si je vous rappelle à la question. Vous parliez, ce me semble, d'une chance que nous avions de nous couper la gorge. Je vous gêne, et vous ne me gênez pas. A vous la main !

Il me salua aussitôt et passa devant moi. Je le suivis. Nous descendîmes au jardin par un des plus beaux clairs de lune qu'il m'ait été donné d'admirer.

M. de Raguenel mit habit bas, et je l'imitai.

La chaleur molle qui régnait fut notre excuse pour ce manque d'étiquette. Nous tombâmes en garde dans une allée qui embaumait les roses. C'était un jolie partie.

Nous sommes bons là, du côté de Lorient. J'avais commencé à ferrailler avant de savoir parler. Le curé de Quévain, qui avait tous ses parchemins de prévôt d'armes, disait que j'étais une mignonne lame à douze

ans. A vingt ans, Taupin m'avait mené jusqu'à Concar-
neau, pour gagner le prix de l'assaut courtois où concou-
rurent les meilleurs brettes du Léon et de la Cornouailles.
Mon beau capitaine n'avait, morbleu ! qu'à se bien tenir,
tout docteur en médecine qu'il était, en droit et en théologie !

Une ! deux ! mon épée sauta. Il me la rendit. Ne plai-
santons plus ! Une ! deux ! mon épée sauta. Il me la rendit.
J'étais furieux, pour le coup. Tenez-vous ferme, capitaine.
A fond, cette fois. Mon épée sauta.

— Calotte à papa ! m'écriai-je en écumant de rage.

J'avais envie de lui sauter à la gorge et de l'étrangler.

Il remit paisiblement son frac.

— J'avais besoin de m'éventer un peu, me dit-il.
Vous tirez bien, chien d'Anglais ! Toutes les nièces sont
rousses ! Ce n'est pas votre faute, si j'ai un poignet de
portefaix.

Je restai bouche béante. Cette paire de jurons qui
appartenait en propre au recueil de mon oncle Le Bihan,
m'abasourdit.

— Pardonnez-moi, reprit-il, je connais aussi, *Quinque
sunt presbyteri Gudellis* et Mlle Vivette....

— Elle est mariée ! interrompis-je ; et, si vous croyez
me faire renoncer à mon amour...

— Auquel?

Ce mot fut dit bonnement. Je ne faisais pas brillante
figure.

— Voilà, continua M. de Raguenel, je sais tout par
cœur, y compris la treizième barrique. J'avais le droit de
prendre des renseignemnets sur vous : j'en ai eu auprès de
ce bon garçon qui vous a quitté pour la *découchée*...

— Joson ! le coquin !

— Presque aussi bonne poigne que moi ! Vous avez

grandi entouré d'honnêtes cœurs, Monsieur le chevalier.
Le métier que vous faites ne prouve trop rien, puisque
nous vivons en un temps qui ne sait plus distinguer
le mal d'avec le bien. Loin de vous éloigner de la
personne dont il est question entre nous, je veux vous
ramener à elle, car vous l'avez tristement aban-
donnée.

— Mais elle m'avait dit de l'oublier ! m'écriai-je.

Il sourit et pensa tout haut :

— On voit de tout dans ce Paris, jusqu'à des mauvais sujets perdus d'innocence ! Comment vous avait-elle
chassé? En vous disant : « Je préfère votre salut à mon
bonheur ! » Il y a, vous le savez, une mystérieuse menace
autour d'elle. J'ajoute que cette menace semble grandir
et se rapproche. Les murailles du couvent ne sont plus
ni assez hautes ni assez épaisses pour la défendre contre
les voix du dehors. Elle est bien découragée, chevalier, car
elle sait jour par jour tout ce que vous faites.

Mon regard parla sans doute, car M. de Raguenel lui
répondit par un geste de franc dédain qui accompagna
ses paroles.

— Jamais je n'ai prononcé un mot contre vous. A
quoi bon? Je peux toujours vous tuer quand je
voudrai.

Le lecteur peut penser ce qu'il lui plaira : ce raison-
nement me parut limpide comme le cristal.

— Monsieur de Raguenel, dis-je, il serait inutile de vous
cacher que je vous hais du meilleur de mon cœur. Mais il
ne s'agit ni de vous ni de moi : il s'agit d'elle.

— A la bonne heure !

— Dois-je essayer de pénétrer jusqu'à elle?

— Non : j'ai pris des mesures, qui ne sont pas dirigées
contre vous, mais qui vous empêcheraient de passer.

— Un enlèvement est-il possible?
— Elle n'y consentirait pas.
— Que faut-il faire?
— Il faut tout uniment la demander en mariage.

XIII

OU IL EST ENCORE PARLÉ DE VIDE-GOUSSET

L'idée ne me vint pas que le capitaine Olivier de Rague-nel pût se moquer de moi, tant sa belle et intelligente figure peignait la bonne foi.

— Le brave bourgeois de Vitré, reprit-il, qui tient la tutelle de Mlle de Bois-le-Roy, est retourné en Bretagne. M. Terray du Coudray demeure seul chargé de sa nièce.

— Mais, objectai-je, vous savez bien que je suis sans fortune.

— Eh ! eh ! fit-il, la bague de chanvre...

Je le regardai pour voir s'il parlait sérieusement. A l'heure qu'il est, je n'en sais encore rien. Il m'aida fort obligeamment à repasser mon frac, et reprit :

— L'occasion est bonne. M. du Coudray est venu voir son frère, l'abbé Terray, ce soir, pour soumissionner je ne sais plus quelle ferme. Nous allons le trouver au salon, et vous lui ferez votre compliment.

J'eus un peu la chair de poule, mais je gardai une conte-nance passable. Auprès de ce diable de garçon, il était impossible de manquer tout à fait de courage. Il devina mes craintes pourtant, car il me dit :

— N'ayez pas peur et parlez haut. Calotte à papa ! il faut au moins que votre corde de pendu serve à quelque chose d'honnête.

Les deux frères se trouvaient justement réunis dans la chambre où j'avais eu mon entrevue avec M. de Sartine. Ils occupaient notre embrasure, et se disputaient sans gêne aucune, comme deux crocheteurs. Ce pachyderme d'abbé remuait les bras avec une violence burlesque, et montrait le poing à son frère, qui l'appelait bourreau, coquin, et le reste.

Au bout de trois ou quatre minutes, ils se séparèrent les meilleurs amis du monde, et je suppose bien que ni le roi ni ses sujets ne gagnèrent à cet accord entre les deux loups.

M. Terray du Coudray n'avait pourtant rien des féroces allures du contrôleur général. C'était un assez bel homme, plutôt maigre que gras, des jambes flûtées, un visage bien découpé, mais, muni du ventre le plus imprévu qui puisse surprendre son homme.

Ce ventre existait en dehors de l'embonpoint général, comme une loupe s'établit sur un crâne ou comme une verrue fait fleur au bout d'un nez. Il arrondissait son petit ballon pointu sans transition aucune : excroissance obèse et tremblante, égarée entre une poitrine de chameau et des jambes de cerf.

M. du Coudray avait coutume d'y appuyer ses deux mains avec une tendre complaisance. On voyait bien qu'il y tenait. C'était sa gloire.

Le résultat de sa conférence poissarde avec l'abbé le laissait évidemment de bonne humeur.

— Ah ! ah ! M. de Raguenel ! dit-il en nous apercevant, apportez-vous des nouvelles de notre folle? Vous savez, chiffrez un pot-de-vin raisonnable, et on vous la passe au cou !

Il battit le tambour sur sa petite bedaine, en riant tout seul de son excellente plaisanterie.

Raguenel s'approcha de lui, et prononça quelques mots à son oreille.

— Eh bien ! pourquoi pas? s'écria M. du Coudray en se tournant vers moi. Elle l'aime, vous dites? Ces prudes ne sont jamais sans aimer quelqu'un... ou quelques-uns, sarpejeu ! Elles vont bien, à Vitré de Bretagne ! Monsieur de Keramour... je vous salue, Monsieur... Monsieur de Keramour est bien tourné, oui ! son nom met l'eau à la bouche. Notre Hermine est, parbleu ! riche pour deux... et pour trois aussi, hé ! capitaine?

Raguenel ne broncha pas. M. du Coudray arrangeait, sur l'éminence de son ventre, une magnifique chaîne d'or qu'il avait. Son talent était de la disposer en 8, en 3, en câble roulé, en spirales simples ou contrariées, enfin de cent manières ingénieuses et diverses, qui prouvaient son savoir.

— Chevalier, reprit-il en clignant de l'œil à mon honorable cousin et ami, ce monstrueux idiot de Pelhédou aurait dû vous exterminer avec son tromblon, ce qui prouve bien la vertu de votre amulette. C'est une dot, cela. On n'est pas un mendiant quand on apporte à sa femme pour cadeau de noces toutes les banques de la ferme de jeux.

J'interrompis pour dire :

— Si j'ai l'honneur d'obtenir la main de Mlle de Bois-le-Roy, je m'engage à ne plus jouer jamais.

— Ah ! par exemple ! s'écria M. du Coudray, qui balaya sa chaîne comme on rafle le cinquième coup aux osselets, voilà ce dont je me bats l'œil ! La question est de savoir ce que vous offrez comme épingles?

— Je n'offre rien.

— Ah ! bah !

— Le chevalier, dit Raguenel intervenant, consentirai, je le suppose, à parapher le compte de tutelle à tâtons.

— Ouais ! fit M. du Coudray avec colère, pour qui nous prenez-vous, jeune homme? Les comptes de tutelle ne me regardent pas. Faites rendre gorge tant que vous voudrez au bourgeois de Vitré; moi, je veux mes étrennes.

Il voyait parfaitement à quel point son cynisme me répugnait. Cela ne l'inquiétait point. M. de Raguenel ne parlait plus.

— Je suis à toi, vicomte ! cria tout à coup M. du Coudray à la cantonade, comme on dit au théâtre.

Je me tournai du côté que me désignais son regard, mais je ne vis personne.

— Mes enfants, reprit-il, je m'attarde ici à des bagatelles. J'ai connu bien des oncles, mais j'en cherche encore un qui porte autant d'intérêt que moi à sa nièce. Tâchons de nous bien comprendre. Je ne demande rien sur ce qui lui appartient, fi donc ! je n'ai qu'à me baisser pour prendre. Non, c'est une épreuve que j'impose au fiancé, un témoignage de tendresse que je lui demande. En conscience, m'approuverait-on de jeter cette chère proie en pâture à un olibrius qui reculerait devant un sacrifice de cent mille écus? Il faut bien que je sois sûr de son affection, à ce fiancé-là. Nous ne lui demandons pas la mer à boire : une simple preuve de bonne volonté.

— Mais tout le monde n'a pas cent mille écus, objecta Raguenel.

— On les loue ! répliqua M. du Coudray, qui planta un coup sonore sur son ventre, à moins qu'on ne préfère les gagner. Messieurs, mon désintéressement ridicule et le dévouement que je porte à l'État, diminuent tous les jours mon patrimoine. Je dépense des sommes folles en actes de bienfaisance, et j'ai une petite maison. Réfléchissez : j'aurais dû exiger le double, en conscience. Je vous donne jusqu'à demain matin.

M. du Coudray nous fit un gracieux signe de tête, et s'éloigna. Je me tournai vers Olivier de Raguenel; il avait un doigt sur sa bouche.

Son geste m'ordonna de le suivre. Nous traversâmes sans bruit toute la chambre, et nous atteignîmes la porte par où le frère du ministre était sorti.

Celui-ci était encore dans la galerie, et s'y promenait avec une personne que je ne pouvais voir.

— C'est le vicomte, me dit Raguenel à voix basse.

— Quel vicomte?

— Celui à qui M. du Coudray a dit tout à l'heure : « Je suis à toi ».

— Et que nous importe? demandai-je.

— Ils vont passer sous le quinquet, répliqua Raguenel : regardez bien.

La lumière les frappa. J'eus peine à retenir un cri. Raguenel m'attira en arrière en murmurant :

— L'avez-vous reconnu?

— C'est le vicomte de Saint-Pierre.

— Il a encore un autre nom. Il faut que Mlle de Bois-le-Roy quitte le couvent des Feuillantines, et elle ne peut le quitter que mariée.

— La croyez-vous donc en danger?

— Je suis sûr qu'elle est en danger.

— En danger de quoi?

— De mort.

— Et si je pouvais donner les cent mille écus à cet homme, m'accorderait-il réellement la main d'Hermine?

— Peut-être.

— Il aura les cent mille écus demain matin.

Nous causâmes encore quelque temps, Olivier et moi. Je lui parlai à cœur ouvert. Pour me faire moins coupable, je revins sur ma première nuit de Paris et ma singulière aventure de la rue des Feuillantines. Je dépeignis minutieusement cette masure de méchant aspect située en face du couvent, et dans laquelle on festoyait à une heure après minuit.

— Et vous ne reconnûtes personne? me demanda Raguenel.

— Personne sur le moment. Plus tard, il me sembla que la voix de l'homme qui était venu dénoncer ma présence, appartenait à quelqu'un de chez nous : un coquin appelé Grippe-Soleil.

— Vous êtes sûr que votre nom fut prononcé?

— Très sûr.

— N'entendîtes-vous point celui de Mlle de Bois-le-Roy?

— Non. Il m'eût frappé bien autrement que le mien propre. Quel rapport peut-il y avoir entre ces coquins-là et Hermine?

Le capitaine restait toujours pensif.

— En fin de compte, me dit-il au lieu de répondre, je ne regrette plus de vous avoir donné ma potion à Laval. Vous valez mieux que je ne croyais, et peut-être est-ce un bien que vous n'ayez pas suivi tout seul cette histoire de bandits. Vous seriez maintenant logé au même étage que le pauvre jeune M. Yves de Trevern... Vous comptez jouer cette nuit?

— Comment aurais-je les trois cent mille livres sans cela?

— Où comptez-vous jouer?

— Au tripot du chevalier Zeno, ambassadeur de Venise... Mais, au nom du Ciel, un mot encore. Je donnerais trois palettes de mon sang pour avoir vu seulement le visage de ce brigand qu'on nomme Vide-Gousset... Il y a des moments où je crois deviner.

— Chevalier, interrompit Olivier de Raguenel en me tendant la main pour prendre congé, on n'a pas besoin d'aller si loin que la rue Saint-Jacques pour le rencontrer.

— Que voulez-vous dire?

Il me serra la main fortement.

— Au temps où nous vivons, répliqua-t-il, les bandits sont partout. Ne perdez pas courage cependant; nous avons un atout parmi vos cartes : le Saint-Pierre est véritablement amoureux d'Hermine; sans cela elle serait morte, puisqu'il est son héritier. A demain.

XIV

AVANT LA BATAILLE

Il avait été dit que Raguenel et moi nous nous couperions la gorge ou que nous ferions une paire d'amis ; nous venions de donner raison tour à tour aux deux cornes du dilemme. Le lecteur me connaît désormais assez pour deviner que cet entretien avait brusquement réveillé mes souvenirs et mon amour. J'étais prêt à tout pour conquérir Hermine.

Pour la sauver surtout, car je voudrais être bien précis. Il y avait encore plus de dévouement que de passion dans le sentiment tendre qui m'entraînait vers Mlle de Bois-le-Roy.

A cette heure, il ne s'agissait pas de risquer sa vie ni d'entamer aucune entreprise bien positivement chevaleresque; et pourtant j'avais le cœur serré comme à l'approche d'un très gros danger. Je dois ajouter que, pour la première fois, quelque chose en moi se révoltait contre mon « métier » de sorcier.

J'ai expliqué comme je l'ai pu l'état de ma conscience. Je mentirais si j'accordais à sa voix plus de sonorité qu'elle n'en avait. J'affirme plutôt, en dépit de l'apparente contradiction présentée par cette phrase, que *je ne croyais pas au talisman dont je me servais avec tant de fanfaronne confiance.*

Il y avait l'époque, si tristement malade : il y avait le courant des mœurs, l'insouciance du langage; il y avait aussi le milieu, ennemi de toute réflexion, où mon enfance s'était passée. Je n'avais aucun de ces fiers souvenirs qui sauvegardent une jeunesse. Ma mère ne m'avait pas dit : Ceci est le bien et cela est le mal. Et Vivette (oh ! je sais bien qu'elle était l'honneur même), dans sa complète ignorance de la vie, aurait ri du meilleur de son cœur, si elle avait su les prouesses de la bague de chanvre.

Si donc, au moment d'employer mon amulette à un usage en quelque sorte solennel, j'éprouvais un scrupule tout à fait nouveau et inconnu, c'est qu'il s'agissait de Mlle de Bois-le-Roy.

Hermine, à mon insu, était la noblesse de mon âme, et je l'adorais d'en bas. Il avait fui bien loin le temps où je riais quand Catiche l'appelait « ma fortune ».

Puisque le nom de Catiche vient sous ma plume, je cède au plaisir de répéter que la pauvre belle fille, quoiqu'elle eût, certes, contribué beaucoup à me lancer dans mon genre de vie actuel, n'approuvait ni ma paresseuse conduite ni les emprunts continuels que je faisais au hasard. Elle eût voulu faire de moi un homme à l'image de ceux qui tenaient le haut du pavé. Hélas ! j'ai beau chercher dans ma mémoire : parmi ceux que Catiche me proposait pour modèles, je n'en retrouve pas un seul que je sois fâché de n'avoir point imité.

Je ne sais pas trop comment cela se fit : j'avais parlé sans doute avant de quitter l'hôtel de l'abbé Terray, laissant percer l'intention où j'étais de livrer une grande bataille à la banque du chevalier Zeno. Toujours est-il qu'au moment où je franchissais le seuil de ce tripot fameux, je m'aperçus que la cour était pleine de carrosses. Curieux et curieuses grouillaient dans les escaliers.

L'*enfer* du noble Vénitien ne faisait point partie des quinze maisons de jeu officiellement ouvertes sous la surveillance de M. de Sartine; mais on ne le rangeait pas non plus dans la catégorie des tripots clandestins.

Il fonctionnait *coram populo,* en vertu de l'inviclabilité diplomatique garantie par le droit des gens. Une fois franchie la porte de S. E. l'ambassadeur de la république, les joueurs étaient sur le territoire vénitien.

Le chevalier Zeno, qui descendait peut-être de l'illustre stoïcien de Citium et certainement du grand amiral, frère des deux plus hardis voyageurs du quatorzième siècle, était le fils de l'aimable poète dont Métastase se vante d'être le continuateur. Il avait chez lui deux temples consacrés au hasard : une *académie,* fréquentée par les gens riches de tout rang, et un *coupe-gorge,* où les pauvres venaient perdre leur dernier petit écu.

Il prétendait que la meilleure des deux affaires était le coupe-gorge.

On disait qu'une très noble dame, tenant de près à la cour, patronnait son tapis vert. Il y venait des duchesses et des « demoiselles du monde », des princes et des maltôtiers. Il tenait tout, jusqu'à six mille louis. Au-dessus, il fallait en référer au conseil de banque.

M. d'Arc, le fils naturel du comte de Toulouse, y avait raflé un coup de 500.000 livres, qui fut annulé parce que la mise première consistait (cela fut reconnu) en un faux rouleau de doubles louis d'or, qui contenait des pièces de six liards.

C'était une fort belle demeure, située non loin de la porte Montmartre, entre le boulevard et le cul-de-sac des Jeûneurs. Il avait d'immenses jardins. Le coupe-gorge avait son entrée par le cul-de-sac, vis-à-vis du Chat-qui-Danse, un des plus redoutables cabarets de Paris. L'inspecteur Janneboy avait un bureau de « recors » à deux pas, avec pompe à incendie.

Il était aux environs de deux heures après minuit quand je franchis, tout seul, la grand'porte de l'hôtel donnant sur la rue Montmartre. Paris était alors plus sonore qu'aujourd'hui. Les gazettes élargissent la publicité, mais la font paresseuse. La rapidité avec laquelle un cancan se répandait en ce temps-là, tenait du prodige. Il y avait des bavards enthousiastes qui obéissaient à une véritable vocation, courant la ville jour et nuit, on peut le dire. Rien ne saurait donner une idée de ce qui se débitait de nouvelles à la main parlées à la sortie de l'Opéra ou de la Comédie italienne.

Je fus étonné de voir tant de carrosses. Je m'attendais bien à quelque curiosité soulevée, mais je trouvai qu'on me faisait en vérité trop d'honneur : la cour et la ville étaient là. Il y avait trois générations de Richelieu : le vieux maréchal; M. d'Aiguillon, qui tenait rang de premier ministre, et ce jeune fou de Fronsac, qui chassait terriblement de race. Je me souviens qu'il était avec le marquis Donat de Sade, condamné à mort cette même année par le parlement de Marseille pour des crimes qui ne se peuvent dire, mais qui se portait encore assez bien vingt ans plus tard.

Je reconnus aussi M. de Sartine, qui passa près de moi et parut choqué du salut respectueux que je lui adressai. Comme il avait changé de perruque, il se croyait sincèrement méconnaissable.

Un détail qu'il est bon de noter : j'avais rencontré à la porte mon ancien page Joson Menou, fier comme Artaban, sous la livrée de M. le duc d'Aiguillon. Il m'avait dit avec un restant de bienveillance :

— Faut pas mentir, Monsieur le chevalier, c'est dommage que vous allez finir en prison. Mon frère Noël, qu'est aussi calé qu'un conseiller, vous aurait pourtant déniché une bonne place, si vous aviez voulu travailler honnêtement. Par la grâce du bon Dieu, les uns montent pendant que les autres descendent : je suis pour entrer dans les bureaux, et v'là Mlle Vivette qui va passer marquise.

— Vivette ! m'écriai-je.

— Ne faut point faire semblant de rien que vous êtes son cousin, me dit Joson en se reculant du même nombre de pas que je m'étais approché : ça lui causerait du tort dans Paris. Et je ne tiens point à parler trop longtemps avec vous devant le monde.

Je fus saisi à ce moment par un remous de la foule. C'était une demi-douzaine de petites belles de l'Opéra qui arrivaient avec leurs attentifs : ce qui mit Joson en fuite à l'instant même.

Était-ce ma faute, voyons ?

Je lui criai pourtant :

— Et mon oncle Le Bihan ?

Mais il s'était plongé tête première dans la cohue des laquais.

Toutes les demoiselles crièrent après moi :

— Et son oncle Le Bihan ?

— Est-ce vrai, chevalier, me demanda la Guerre, que vous allez faire sauter Venise en commençant avec un écu de six livres ?

— Vous savez, ajouta la Cartier, que M. d'Holbach

appelait Cent-Quartiers : l'abbé Terray est ici en mousquetaire gris.

Et une autre :

— Madame Victoire a retenu la tribune pour voir travailler la bague de chanvre.

J'étais un peu honteux de mon entourage, mais il fallait bien entrer ainsi.

La salle de la roulette était comble : beaucoup de femmes; les toilettes s'y écrasaient.

Je ne veux pas cacher que j'étais fort ému. Je reconnaissais là des figures qu'on ne voit point d'ordinaire dans les maisons de jeu. C'était évidemment un spectacle, un défi, et aussi un scandale. Mon arrivée fit sensation, comme l'apparition de l'acteur en vogue. Il y avait des éventails qui semblaient me dire: « Je vous défends de me reconnaître »; il y avait des sourires qui me criaient bravo.

On me fit une large route pour gagner le tapis vert, où le Napolitain Trentecheveux (son frère, le commandeur Trentacapelli avait gagné des batailles navales) tenait la banque avec une extraordinaire majesté.

Il avait fondé lui tout seul un ordre de chevalerie, prétendant qu'il descendait d'Absalon. Mon oncle et lui auraient pu mêler; il trouvait quelquefois à vendre ses brevets.

Plus d'une fois, dans le trajet de la porte à la table, où les joueurs me faisaient place avec une évidente ostentation, je sentis ma tête tourner. L'idée vague d'un danger était en moi. J'entendais encore ces bizarres paroles de Joson à mon oreille : « C'est dommage que vous allez finir en prison. »

Pourquoi?

Mais dans mon trouble ces autres paroles venaient : « Mlle Vivette va passer marquise... »

Comment?

— Allons, chevalier, en avant ! s'écria Fontrailles, qui était de l'autre côté de la table : à la besogne !

Au moment où j'atteignais la table, je sentis qu'une main touchait mon bras. Je me retournai. C'était Catiche, toute pâle, qui me dit :

— Gaston, il est encore temps de vous arrêter.

— C'est pour Hermine ! balbutiai-je.

Et comme elle essayait de me retenir, je la repoussai presque rudement.

XV

J'étais arrivé à la table de la roulette. La foule s'était refermée derrière moi. Il y avait un sourd murmure qui m'enveloppait. J'y distinguais mon nom et ces mots, qui désormais me causaient une sorte de terreur : « la bague de chanvre ! »

Je remarquai très bien que le grave Trentecheveux, qui s'était tenu jusqu'alors auprès du banquier, prit le jeu.

— C'est un joli jeune homme, disait-on de tous côtés.

— L'air très doux.

— On jurerait qu'il est honnête...

Et par-dessus cela une parole qui dominait :

— C'est dommage !

Trentecheveux prononça la parole sacramentelle :

— Faites votre jeu, Messieurs.

Avec « rien ne va plus », c'était à peu près tout ce qu'il savait de français.

Mais il le savait bien, et jamais personne, avant lui

ni depuis, ne donna une si belle saveur d'emphase à ces quelques mots de notre langue.

Au commandement de « faites votre jeu », pas une main n'avait bougé.

J'eus froid. Il y avait un mot d'ordre donné. — La Guerre elle-même avait refermé sa bourse. J'étais piqué par toute une artillerie de regards, braqué en cercle autour de moi.

Jusqu'alors, la curiosité que j'avais excitée, se mêlait à une dose supérieure de bienveillance. Aujourd'hui, je l'ai dit, il y avait défi. J'étais sur la sellette, et quelque obscure cabale agissait par-dessus le marché contre moi.

Je venais de Bretagne, où l'on est entêté. Je pris, comme ils disent chez nous, mon courage à deux mains, et mon regard assuré fit le tour du cercle. J'y remarquai bien quelques paires d'yeux hostiles; mais le sentiment général me parut être la curiosité, et les dames étaient pour moi.

— Adieu va ! pensai-je.

Je pris dans ma poche une masse toute préparée, qui consistait en deux écus de six livres, un petit écu et trois quarts d'écu de quinze sols. Je la mis à cheval sur le zéro et le double, jouant ainsi du premier coup la chance de 18.

Tout aussitôt et sans attendre d'autres mises, Trente-cheveux déclara :

— Le jeu est fait, rien ne va plus.

Et il tourna sa crépitante manivelle, pendant que la bille d'ivoire roulait en sens contraire.

Le double zéro sortit.

Il y eut un long murmure étouffé.

Un râteau éplucha ma masse, puis les louis de vingt-quatre livres tombèrent alentour un à un.

— Faites votre jeu, Messieurs.

Ma masse, dix-huit fois couverte, donnait à peu près treize louis. J'enlevai de la monnaie, de manière à former une mise de trois cents livres juste ; et, prenant un râteau à mon tour, je pointai la chance simple, sur la rouge. Personne autre que moi ne fit mise. La rouge sortit. Il y avait 25 louis à la masse. Je laissai.

La couleur rouge donna ainsi cinq fois de suite, portant la masse à 4.800 livres ou 200 louis. Un silence étrange régnait dans la salle, coupé seulement par les déclarations de Trentecheveux : la banque jouait positivement contre moi seul.

La mise était encore relativement faible, mais on la voyait monter.

Pour ce qui est de moi, je ne gardais plus trace d'hésitation ni de malaise. J'allais avec tout mon sang-froid revenu. Je n'avais ni frayeur, ni audace, ni orgueil, ni honte. J'étais dans mon rôle et j'étais dans mon droit.

Après ce tour, qui était le sixième en comptant de dix-huit, une belle voix, mais un peu cassée, s'éleva pour me demander :

— Chevalier, sauriez-vous nous dire combien la rouge passera encore de fois?

— Monsieur le duc, répondis-je, elle passera autant de fois que je le voudrai.

C'était le maréchal de Richelieu qui avait parlé. Je ne le voyais pas, mais je l'avais reconnu.

— Eh bien ! chevalier, poursuivit-il, donnez-nous la comédie complète : faites passer un peu la noire.

— Si vous le permettez, Monsieur le duc, ce sera pour le coup suivant.

En effet, Trentecheveux venait de déclarer le jeu fait.

Mais aussitôt que la banque eut doublé mes deux cents

louis, mon râteau fit glisser la masse sur le tapis, et amena
les 9.600 livres dans le domaine de la couleur noire.

La glace était rompue. Les quelques paroles échangées
entre le maréchal et moi avaient délié les langues. Les
habitués du lieu exprimaient leur opinion en termes tech-
niques, tandis que les profanes babillaient leur étonnement. Ce petit tas d'or, qui était parti des deux tiers
d'un louis et qui menaçait de grossir indéfiniment, avait
le don de plaire au beau sexe : toutes les femmes, aussi
bien les dames de la cour que les demoiselles du
monde et les princesses du théâtre, s'intéressaient à moi
à l'unanimité; et quand une la Guerre s'émancipait à
m'appeler « Amour », en supprimant la première syllabe
de mon nom, cela faisait sourire bonnement les duchesses.

J'entendais que l'on disait :

— M. le maréchal est dans la tribune.

— Avec la nouvelle marquise et le contrôleur général.

— Et le bonhomme à qui l'abbé Terray a vendu un
marquisat de deux sous un demi-million...

— Est-elle jolie?

— Adorable !

Mes yeux se tournèrent vers la tribune, qui se trouvait
placée un peu à gauche et très près de moi. C'était une
grande loge grillée, dont les deux volets, formés de rotins
disposés en treillage, s'entrouvraient à demi. L'intérieur
en était sombre. J'y distinguai pourtant une ombre
de femme, entre la chevelure éternellement jeune du
vieux maréchal, qui portait perruque, et une laide
titus grisâtre, qu'il me sembla en vérité reconnaître.

Voici longtemps que nous n'avons pensé à ce grigou de
Merlin, le mari de ma grand'tante, hélas ! et le mari de
Vivette aussi, selon toute apparence. Les cheveux cou-
leur de poussière de ce bonhomme me ramenèrent en

arrière de six mois. Je revis notre table à ce dernier déjeuner que j'avais pris chez mon oncle (le jour du cochon de lait), et j'entendis dans mon souvenir ce marché odieux conclu à propos de la petite « bêtaille » qui était ma pauvre cousine.

Mais la noire avait passé à son tour, et la banque doublait mes quatre cents louis, au milieu du joyeux brouhaha de la galerie.

— Merci, chevalier ! me dit M. de Richelieu, qui ferma le grillage.

Était-ce une illusion? L'éventail de la dame avait touché ses lèvres.

Je ne sais comment dire cela : mes souvenirs de cette nuit sont très vifs, puisqu'ils m'étreignent encore le cœur après tant d'années; mais ils sont très confus aussi. J'ai comme un ressentiment de toutes les impressions qui se mêlaient et se choquaient en moi.

— Seize cents louis ! s'écria triomphalement la Guerre.

— Trente-huit mille quatre cents livres ! traduisit Fontrailles. Me veux-tu dans ton jeu, chevalier?

La chaleur commençait à être écrasante. La foule augmentait à chaque instant.

— Voici Son Excellence qui apporte elle-même des rafraîchissements aux gens de la tribune ! murmura-t-on dans la salle.

— Je payerais dix pistoles pour une glace, dit Mme d'Aumont, qui était à droite de Lauzun.

La Duthé, qui était à gauche, cria aussitôt :

— Vingt louis pour un verre d'eau !

Le chevalier Zeno se pencha hors de la tribune, et, avec son doux accent d'Italie :

— On va vous servir, Mesdames, et pour rien !

Mais il ajouta tout bas :

— *Salv' l' piccol' benefiz' della cucciniera.*

— Soixante-seize mille huit cents livres ! proclama derrière la grille la propre voix de l'abbé Terray.

Et M. de Richelieu ajouta :

— Revenons à la rouge, voulez-vous chevalier?

Je m'inclinai, pendant que mon râteau exécutait la manœuvre voulue.

Trentecheveux s'essuyait le front à tour de bras.

On me dit à l'oreille, par derrière :

— Inutile de vous retourner : je suis la duchesse de... (mettons Danaé par discrétion). Que m'en coûterait-il pour avoir votre médaillon pendant une nuit?

A mon oreille la voix de Catiche murmura :

— Il y a des exempts dans la rue Montmartre. Si vous le voulez, je vous ferai glisser par les jardins et le coupe-gorge.

Ce fut un cri général qui couvrit les derniers mots de Catiche.

— La rouge ! la rouge ! six mille quatre cents louis !

— Cent cinquante-trois mille six cents livres !

D'un grand geste, Trentecheveux demanda le silence,

— Monsieur le chevalier, dit-il en s'adressant à moi. consentirait-il à diviser sa masse?

— Non, répondis-je.

— Bravo ! fit la galerie.

Trentecheveux se tourna vers la tribune :

— Son Excellence est-elle là?

On répondit que Son Excellence venait de partir.

— Alors, reprit Trentecheveux, il est impossible à la banque de tenir le coup, qui dépasse cent quarante-quatre mille livres. Le conseil doit être consulté. Suivez-moi, Messieurs.

Ce fut un spectacle solennel. Les sacs d'argent furent

ficelés, la boîte aux bons de caisse fermée, et les grandes bourses à or replacées dans leurs casiers. Tout ce qui tenait à la maison du chevalier Zeno, croupiers, inspecteurs, taille-mains et bouts-de-table se levèrent comme un seul banquier pour suivre dans sa retraite le mélancolique Trentecheveux, qui étanchait, tout le long du chemin, les torrents de sueur jaillissant de son crâne.

Je me retournai. Catiche était toujours derrière moi.

— Ah çà ! demandai-je, que parliez-vous d'exempts et de fuite?

— M. de Raguenel, répondit-elle, vient de m'apprendre tout ce que je ne savais pas, au sujet de Mlle de Bois-le-Roy. Il faut aller jusqu'au bout désormais.

— Où est-il, ce cher Raguenel?

— Au faubourg Saint-Jacques. Il a peur. Bertrand est mieux que jamais avec le contrôleur général. Il y a une menace dans l'air.

— Et moi, n'ai-je rien à faire?

— A Paris, on se sauve par une gracieuse audace : quelque chose de bien fait, qui brille et qui séduit. Si le bon côté de la cohue acceptait une collation impromptue, offerte par vous?...

— On l'acceptera.

— Et si, après cela, vous enleviez votre dernier paroli haut la main?...

— Je l'enlèverai !

— Essayez; mais j'ai de mauvais pressentiments.

XVI

LE DIXIÈME COUP

Elle était pourtant la bravoure même, cette pauvre Catiche; mais elle en savait plus long que moi sur bien des choses.

La collation fut acceptée. Bien entendu, je ne demandai pas l'avis préalable de ces dames. Je fis venir tout simplement un magnifique ambigu, et puis j'implorai mon pardon si franchement, avec tant de bonne humeur, que les plus farouches *incognite* acceptèrent leur part de cette hospitalité. Je m'étais mis à la merci de la *cucciniera* de ce bon chevalier Zeno, qui eut le fin fond de ma poche, *pella sua piccola raccoltà*. Mais bien entendu, la masse ne fut pas touchée : la masse de guerre.

Ce fut très brillant. On rit beaucoup; la cour s'encanailla avec un entrain délicieux. Dans l'aimable abandon de cette fête imprévue, qui dura tout au plus un quart d'heure, il se passa un fait que je ne prendrais certes point la peine de noter, sans les terribles conséquences qu'il eut presque immédiatement après pour moi.

Quand je parle de la cour, ce n'est point une vanterie. M. le duc de Chartres prit de mes gâteaux et but de mon champagne. Il était là, avec le chevalier de Coigny, le comte de Noailles, le baron de Bezenval, Stainville et Vaudreuil, ses noctambules ordinaires, et chacun d'eux menait sa dame en loup.

Celle qui tenait le bras de M. de Vaudreuil voulut absolument trinquer avec moi. Catiche me dit tout bas :

— Prenez garde ! c'est la maîtresse de Bertrand.

Vous vous souvenez qu'elle appelait toujours ainsi l'apôtre Saint-Pierre.

— Oh ! si vous saviez, ajouta-t-elle, comme j'ai peur pour vous ! J'ai des pressentiments sinistres. Prenez garde ! je vous en supplie, prenez garde !

Vaudreuil vint à moi, et me dit ;

— Chevalier, vous gagnez à tous les jeux. Mme la comtesse voudrait vous embrasser, pensant que vous lui donneriez un peu de votre bonne chance.

Mme la comtesse, au même instant, lui quitta le bras et se jeta sans façon à mon cou. La procession de la banque rentrait. Il y eut une formidable poussée. Nous fûmes ballotés, Mme la comtesse et moi, au milieu de la *cuadrilla* de M. de Chartres, qui riait de tout son cœur ; puis un reflux de la foule nous sépara.

Jamais je n'avais vu pareille cohue. Il me fut impossible d'apercevoir le visage de cette « comtesse », tant elle et la foule m'avaient serré de près ; mais tout le monde savait que les compagnons de M. de Chartres ne choiissaient pas le dessus du panier.

Trentecheveux revenait à la tête de son église, majestueux et bouchonnant toujours la sueur de ses tempes. Aussitôt que les divers fonctionnaires sous ses ordres eurent repris leurs places, il donna trois petits coups de râteau sur le tapis, et dit, comme si de rien n'eût été :

— Faites votre jeu, Messieurs !

Cela signifiait que le haut conseil de Venise (que ce fussent les Trois ou les Dix) tenait mon paroli de 307.200 livres.

Comment la chose s'était ébruitée, je ne saurais le dire; mais il est certain que, depuis la collation, tout le monde connaissait l'histoire de cette singulière partie. Les gazettes vivantes en détaillaient savamment le pourquoi. On allait répétant dans tous les coins de la salle :

— Ce n'est pas cent mille écus qu'Amour va rafler; c'est une femme charmante, avec une dot de princesse.

— Des prés, des moulins, des guérets...

— Des futaies, des fermes, des châteaux...

— Amour va être plus riche que le marquis de Carabas !

Trentecheveux prononça solennellement :

— Le jeu est fait, rien ne va plus.

Et la manivelle tourna.

Au brouhaha qui tout à l'heure emplissait la salle succéda un silence de sépulcre : on n'entendait plus que le bruit des respirations contenues et le râle sec de la manivelle.

Ce tour me semblait long outre mesure. La boule et la roue tournaient, mêlant leurs petites voix de crécelles. Pour moi, jamais coup n'avait tant duré.

Était-ce donc que ma forfanterie tombait?

Le chevalier Zeno employait la roulette de Florence, qui porte un trou de demi-arrêt en avant de chaque zéro. Les zéros étant le bénéfice de la banque, ces cases de demi-arrêt, considérées comme *refait* ou *rien de fait*, diminuent en apparence le désavantage des pontes.

Je dis *en apparence*, parce que ces trous, annoncés comme étant de demi-profondeur, ne retiennent presque jamais la bille.

Aussi se fit-il une émotion nouvelle dans la salle, quand Trentecheveux prononça le mot qui désigne le refait dans la langue des banques :

— *Après?*

— Après ! s'écria-t-on de toutes parts. Faut-il que cet Amour ait la veine chevillée ! Pour une fois que la muscade veut tomber dans le bissac de la banque, la voilà qui s'arrête sur la pointe d'une aiguille !

Ma masse était sur la noire.

— A la rouge, chevalier ! dit la voix de M. de Richelieu, que je ne voyais plus, car la tribune était fermée.

Je me sentais devenir pâle. J'avais pris peur tout à coup devant cette hésitation du hasard.

Machinalement et par un restant de bravade, mon râteau voulut obéir au défi du vieux maréchal; mais le râteau de Trentecheveux se posa au-devant de ma masse.

C'était le droit de la banque : on ne vire pas après un refait.

La manivelle grinça vigoureusement.

— Vingt et un, ROUGE, impair et passe ! proclama Trentecheveux d'une voix défaillante.

Et en effet il tomba, privé de sentiment, dans les bras de Venise victorieuse.

Un petit cri douloureux s'était fait entendre derrière les grillages fermés de la tribune. Il fut couvert par la turbulente clameur jaillissant de cinq cents poitrines, qui auraient applaudi à mon triomphe et qui célébraient ma défaite.

— Le charme est rompu ! Amour ne vaut plus rien ! La bague de chanvre n'est qu'un brin de filasse !

Vis-à-vis de moi, par-dessus le groupe des gens de la banque qui chantaient le *Te Deum*, j'aperçus la grave figure de M. de Sartine. Il me regardait. Ses traits exprimaient son étonnement.

La voix moqueuse de M. de Richelieu passa à travers les rotins croisés qui masquaient la tribune, et dit :

— Chevalier, je vous avais conseillé la rouge !

L'or sonnait sous le râteau qui le ramenait à Venise. Le tapis resta net comme un pré qu'on vient de faucher.

J'étais changé en statue.

XVII

LA DÉROUTE DE LA VEINE

Ma première idée fut de fuir. J'avais horriblement honte, et Dieu sait pourquoi. En ce moment je subissais plus cruellement le prétendu outrage qui m'était imposé que mon malheur même. J'étais une gloire déchue.

Je n'osais plus affronter les regards qui m'entouraient.

— Il faut jouer, me dit Catiche, qui restait à mon côté, fidèle comme une épée.

— Je n'ai plus rien, répondis-je : j'ai tout donné pour la collation.

Elle me glissa sa bourse.

Je pontai d'un coup les trente ou quarante louis que la bourse contenait; mais j'étais tombé au rang des joueurs vulgaires. L'or se mit à rouler de tous côtés sur le tapis. Dès le début de cette nouvelle partie, on affecta de choisir la chance qui m'était contraire.

Et l'on fit bien. Je perdis.

Je jouai mes bagues, puis mes deux montres avec leurs chaînes. Je perdis.

Je perdis également les bagues de Catiche, son collier, et jusqu'au bracelet de mille pistoles que je lui avais donné.

La foule s'était écoulée peu à peu. Les nobles curieux qui étaient venus pour voir les miracles de mon médaillon, s'en allaient un à un. Ceux qui restaient, n'avaient pas assez de gorges chaudes pour les déconvenues de la bague de chanvre.

Le moment arriva, et bien vite, où Catiche, complètement dépouillée de ses bijoux, n'eut plus rien à me donner. J'avais encore, moi, mon médaillon et le cœur d'or enrichi de perles que Mlle de Bois-le-Roy m'avait laissé dans sa lettre, à Laval.

Je mis ce dernier sur le tapis avec un grand serrement de cœur. Je jouais malgré moi désormais. J'aurais joué mon sang et mon âme.

Le cœur d'or fut tenu pour soixante louis, et perdu.

Je me levai tout chancelant. Je brûlais la fièvre, et je me figurais que ma tête se perdait tout à fait : car, au moment où j'allais quitter la table, entouré désormais par l'indifférence générale, je vis la fenêtre de la tribune s'entr'ouvrir, et le cher visage de Vivette m'apparut.

Ce ne fut qu'un instant, mais comme je la reconnus bien ! Elle avait des larmes qui mouillaient son sourire.

Je vis une grosse main ridée peser brutalement sur son épaule, et le grillage se referma.

Mais une bourse passa entre les deux battants, et vint tomber sur le tapis devant moi.

— Pour toi, Gaston !

C'était bien elle !

Oh ! cet argent-là devait porter bonheur.

— Vivette ! ma chère Vivette !

— C'est vrai qu'elle me ressemble un peu, dit Catiche auprès de moi. Jouez moitié... mais elle est bien plus jolie.

Je jouai tout, et je perdis.

Alors je déchirai, d'un geste furieux, mon froc, ma veste et ma chemise brodée, criant comme un insensé.

— Eh bien, je le risquerai ! je joue la bague de chanvre contre les cent mille écus qu'il me faut !

Pour le coup, la curiosité fut réveillée violemment.

Trentecheveux n'était pas un homme gai, et pourtant il eut un éclat de rire. Il ouvrit la bouche pour repousser bien loin mon offre, lorsque la voix cassée du vieux maréchal passa encore une fois à travers les barreaux de la tribune.

— Chevalier, disait-elle, je me mets aux lieu et place de la banque pour tenir trois cent mille livres contre votre médaillon.

Mais il y eut ici un bien autre coup de théâtre. Mes deux mains s'étaient plongées à la fois dans mon sein pour y saisir le talisman. Elles ne rencontrèrent rien. Un cri sauvage s'étrangla dans ma poitrine.

— On m'a volé ! balbutiai-je, écrasé par la certitude soudaine de mon malheur. Je n'ai plus ma bague ! On m'a volé ! on m'a volé !

C'était un tour de la comtesse de Vaudreuil.

On travaillait ainsi dans la *camarilla* de M. le duc de Chartres.

Je dois le dire, la salle entière fut soulevée, et mon talisman regagna d'un seul coup tout le religieux respect qu'il avait perdu, — même un peu plus.

Ce n'était pas la faute de la bague de chanvre !

La tribune s'ouvrit toute grande. Elle ne contenait plus que le vieux duc de Richelieu, qui ricanait méchamment et disait en secouant le tabac d'Espagne de son jabot :

— Ah ! pauvre chevalier, que je vous plains ! Qui donc a pu vous jouer ce vilain tour?

Je pris un élan de bête fauve. Il est certain que j'étais fou. Ma volonté était d'escalader la loge et de broyer sous mon talon la tête de ce vieil homme; mais je tombai en chemin, suffoqué par la rage.

— Faites votre jeu, Messieurs !

Ce fut le dernier mot que j'entendis. La voix de Trentecheveux avait recouvré toute sa belle tranquillité.

Un quart d'heure après, je redescendais le perron de l'hotel du chevalier Zeno, soutenu par Catiche, qui ne m'avait pas abandonné.

— Attendez-moi un instant, me dit-elle : je vais voir si mon berlingot est là.

— Je suis tout à fait remis, répondis-je : je puis vous suivre.

La cour était pleine de laquais, qui savaient déjà mon aventure et m'examinaient curieusement. Catiche me dit tout bas :

— Il faut rester. Tant que vous êtes chez Son Excellence, vous avez la protection de Venise; une fois dehors...

Elle n'acheva pas, et sortit en courant.

Je ne devais pas tarder à comprendre les motifs qu'elle avait pour reconnaître les environs avant de quitter ce lieu d'asile.

Catiche revint pourtant toute joyeuse.

— Nous avons le temps de sauter en voiture, me dit-elle : je n'ai pas vu de mines suspectes dans la rue.

— Mais pourquoi m'arrêterait-on? m'écriai-je.

— Chut ! M. de Richelieu veut être heureux au jeu

comme en amour. Il baisse des deux côtés, et cela lui aigrit le caractère.

Nous gagnâmes sans encombre le berlingot de Catiche. Elle y monta la première et poussa un cri de terreur. En même temps un fort coup de sifflet partit de l'intérieur de la voiture, qui fut entourée d'oiseaux de police en un clin d'œil.

On me fit monter à mon tour. Je ne songeai même pas à faire résistance. L'homme de l'intérieur, celui qui avait lancé le coup de sifflet, attendait là depuis deux heures, à l'insu des gens de Catiche. A moins qu'on ne les eût payés.

En parlant de police, je me suis mal exprimé. C'était *greffe* qu'il eût fallu dire, car tous ces braves appartenaient à la basse cuisine du parlement. J'étais appréhendé au corps sur cachet de la grand'chambre, muni de l'apostille de l'archevêché. On m'avait fait l'honneur de ressusciter pour moi l'antique procédure des « cas de maléfice ».

Catiche criait en pleurant :

— Je le dirai à M. Diderot ! M. le baron de Grimm en parlera dans sa correspondance ! J'irai jusque chez M. de Voltaire !

Mas rien n'y fit. Je fus conduit, dans le pauvre joli berlingot de Catiche, à la prison du Châtelet.

Et pour comble, Catiche elle-même fut menée par ses propres chevaux au *collet* des Madelonnettes.

XVIII

REPENTIR DE JOSON MENOU

Au Châtelet, dans la prison neuve, on était un peu
mieux logé qu'à Bicêtre; mais c'était bien loin des
splendeurs de la Bastille. J'eus un cachot de planches
pour moi tout seul. Le propre de la procédure tombée
en désuétude qu'on avait exhumée pour moi, était
d'impliquer le secret.

Toute ma colère était morte. Autant que je puis me
souvenir des premiers instants qui suivirent mon incar-
cération, j'étais plongé dans un affaissement profond,
qui ressemblait au sommeil. La première idée qui me
vint fut un doute. Je crus que j'avais rêvé, surtout en
me rappelant cette étrange circonstance : la bourse que
Vivette m'avait jetée.

Je me disais :

— Tout cela est impossible. Si réellement j'avais vu
ma chère Vivette, est-ce que je n'aurais pas tout quitté
pour m'élancer vers elle?

Assurément, il n'en aurait pu être autrement. Je

n'aurais pas pu rester froid en face de ce grand événement. Était-il permis de penser que je n'aurais eu ni un mouvement ni une parole devant la bien-aimée compagne de mon enfance m'apparaissant ainsi à l'improviste? que j'aurais vu, sans protester, cette main brutale qui la retirait en arrière? que j'aurais continué de jouer? que...?

Mais c'était justement la précision de ces détails invraisemblables qui m'éveillait peu à peu et forçait ma conviction. J'avais vu cela et j'avais fait cela. Quel homme étais-je donc, à la fin?

J'avais accepté de toutes mains, jouant, jouant toujours. On avait arrêté devant moi Catiche, cette pauvre chère fille à qui je devais tant, et c'est à peine si j'en avais ressenti un vague mouvement de colère. Elle m'avait dit en me quittant, et pour me dire cela elle avait retrouvé son vaillant sourire :

— Ne désespérez pas, chevalier : je vais travailler pour vous.

Pour moi ! toujours pour moi ! En vérité, je ne sais pas même si j'avais répondu !

Je me faisais honte à moi-même et je me détestais.

Une seule excuse pouvait être invoquée : Hermine ! Si folle que mon entreprise me parût maintenant, il est certain que je l'avais tentée pour conquérir Mlle de Bois-le-Roy.

Mais la pensée d'Hermine était un poids de plus parmi ceux qui m'écrasaient. Hermine se trouvait menacée, je le savais et je le sentais surtout. Il y avait autour d'elle de mystérieux dangers, et M. de Raguenel me l'avait dit : les murailles du couvent n'étaient plus assez hautes pour la protéger.

Je me mis à marcher dans les ténèbres de ma cellule, dont les parois arrêtèrent mon troisième pas. J'allais comme un homme ivre. La conscience de mon impuissance montait et me submergeait.

Il y eut un instant où je crus que mes sanglots allaient m'étouffer.

Quand le jour vint, je pus mesurer mon misérable domaine. C'était une boîte sans fenêtre, dont les cloisons de planches s'arrêtaient à moitié chemin d'une haute voûte. En haut, un grillage de fer servait de clôture à ce parallélogramme. La lumière et l'air venaient par là.

Cet aspect et les ronflements que j'avais entendus toute la nuit, m'apprirent que ma cage faisait partie d'un système de cachots volants, établis dans une très grande salle. C'était par le fait ce qu'on appelait « la ruche du Châtelet », un aménagement provisoire, datant du lieutenant criminel Tardieu, et qui vivait longtemps, comme tous les provisoires.

La ruche occupait toute la galerie du bord de l'eau, en avant et au-dessous des caveaux de l'ancienne « montre », qui a été remplacée par la Morgue.

Vers huit heures, un petit vieux m'apporta un pain et une cruche. Il me demanda si j'avais de l'argent. Mes poches étaient vides; mais mon frac avait une garniture de boutons d'agate, cerclés d'or. J'en arrachai un. Le petit vieux lâcha un joyeux sarpegoy! et j'eus à déjeuner.

Le petit vieux me dit qu'on n'avait pas brûlé de sorcier depuis longtemps, et que beaucoup de gens regrettaient cela. Il avait l'air de partager ce goût.

Il n'était pas méchant. Il me donna à manger et à boire pendant six jours, moyennant deux de mes boutons par vingt-quatre heures.

Car je restai là sept longs jours, sans être éprouvé,

comme on disait alors, ni interrogé d'aucune manière. Malgré mes instances, mon petit homme ne voulut jamais me donner ce qu'il fallait pour écrire.

J'ai oublié de dire que, pendant ces quelques mois passés à Paris, je m'étais assez bien formé à la lecture et à l'écriture.

Le huitième jour, je n'avais plus de boutons. Cependant mon petit père nourricier m'apporta un pain blanc et une saucisse, avec un setier de vin du roi.

— Le roi régale, me dit-il : c'est sa fête. Seulement, vous ne verrez pas le feu d'artifice, mon gaillard !

C'était en effet le 25 août 1772, jour de la Saint-Louis.

Cette journée se passa comme les autres, bien triste et bien morne. A trois heures de l'après-midi, mon petit homme revint avec une lettre.

— Vous aurez du fricot pendant deux semaines, me dit-il : je suis payé. La dame est bien mignonne, sarpegoy !

Je songeai à Catiche, et j'eus un peu de baume dans le cœur.

Mais la lettre n'était pas de l'écriture de Catiche. On eût dit qu'elle avait été tracée par la main d'un petit enfant. Elle disait :

« Mon chéri de Gaston,

« J'ai été tout ce temps-là pour apprendre où ils t'avaient mis. Mon mari dit que c'est bien fait. J'ai été voir M. de Sartine, qui n'est pour rien dans ton cas. Je vais remuer ciel et terre. Je n'écris pas encore bien, mais c'est à toi ma première lettre. Je suis une marquise, et M. Merlin aussi, c'est-à-dire un marquis, lui. Réponds-

moi voir si tu aimes bien ta demoiselle de Bois-le-Roy.
J'ai vu la comédienne. Je t'embrasse.

« Ta cousine, VIVIANE. »

« *P.-S.* — Je ne sais pas si c'est péché, mais j'ai idée
que nous nous marierons nous deux en secondes noces. »

Je ne vous parle pas de l'orthographe. Ah ! comme je
le baisais, ce cher papier ! Le *post-scriptum* me fit rire :
c'était si invraisemblable !

J'étais à me demander comment je ferais pour répondre à ma petite Vivette, quand un bruit de pas sonna
lourdement dans le corridor, et, en même temps, une
voix bien connue fit tapage à travers la cloison.

— Ventrebleu ! disait-elle, je ne mens pas, je suis de
chez M. le duc, et faut être aimable avec moi, quart
d'homme de Français ! Je n'ai point jamais vu de feu
d'artifice, et je veux faire ma commission vitement,
pour aller retenir ma place à la fête du roi.

— C'est bon, c'est bon, grondait mon guichetier, qui
avait l'accent d'un fonctionnaire qu'on bouscule.

La clef cria dans la serrure, et Joson parut, superbe
sous la livrée d'Aiguillon. Il avait son bon regard du
temps où il me tenait encore pour vertueux; mais, avant
de venir à moi, il se tourna vers mon petit homme, et
lui dit avec autorité :

— Un Breton et un Gallo, ça fait deux. M. le duc
n'est point de par chez nous, mais il a été gouverneur
de Bretagne. Si vous saviez tant seulement de la part
de qui je viens venant, ça vous mettrait plus bas que
vos semelles. Allez-vous-en : j'ai affaire à M. le chevalier.

Le plus surprenant, c'est que l'autre obéit aussitôt.

Joson s'élança vers moi les bras ouverts. Il avait, en vérité, la larme à l'œil.

— Vous pouvez bien me laisser vous embrasser un petit, me dit-il, puisque je suis en train de me faire ma fortune, comme M. Noël Menou, mon propre frère. Ce que je gagnerai, j'irai le manger chez nous. J'ai mes sabots tout de même au fond de mon armoire, et mes bottes de Vitré, que je n'en ai point vu à personne de si belles dans Paris !

Il y avait huit jours maintenant que je n'avais vu âme qui vive. Je lui rendis son accolade à tour de bras, et j'ouvrais la bouche pour l'interroger ; mais il se redressa tout d'un coup, disant :

— Je n'en ai point jamais vu : j'entends de feu d'artifice. Je veux une bonne place, où on ne risque point d'accident d'être écrasé.

Puis, avec une volubilité pleine de repentir, mais aussi de reproche :

— Fallait donc le dire, que c'était pour épouser tous deux ensemble avec la demoiselle ! N'y a point de mal à se fréquenter dans ce cas-là. Et si j'avais su que vous en aviez aussi, j'entends de la corde à M. Legall (le pauvre chrétien ! *De profundis* et *Libera* ! en avait-il, des mouches !), je ne vous aurais point affronté en tout, du tout, ni petit ni grand, pour la chose de jouer de l'argent le jour et la nuit. Ça n'est point péché de jouer de l'argent, quand on est sûr de gagner. Des pardons et des excuses que je vous fais, Monsieur le chevalier ! je suis bien fâché de mes fautes au vis-à-vis de vous.

— Et quelles nouvelles m'apportes-tu, mon bon Joson? demandai-je.

A cette question, ses yeux reprirent leur expression de ruse farouche :

— Ce n'est point lui ! prononça-t-il avec solennité: j'en lève la main !

— Lui, qui?

— Puisque je vous dis que non !

Je savais trop bien par cœur mon brave Joson pour insister.

— Comme tu voudras, murmurai-je.

Un éclair madré s'alluma sous ses gros sourcils.

— Aussi vrai comme Dieu est Dieu, reprit-il, on ne ment point chez nous. Je lui ai ouvert la porte bien des fois, les matins qu'il vient chez M. le duc. Pour être lui, je jure que non !

— Mais qui?

— M. de Sartine, donc !

— Ah !... fis-je imprudemment.

Il prit un air de grande réserve.

— Vous me hacheriez au hachoir, s'écria-t-il, que je ne vous dirais point de mensonge. N'y a point de plus vilain péché... Alors il est tombé sur moi comme je sortais, et il m'a dit, disant : « Tu te trompes, ce n'est point moi, j'en suis un autre. Si tu as le malheur de me prendre pour moi, je te fourre dans un cachot pour le restant de tes jours ! »

J'ai répondu : « Fils de chien (je ne parle point de vous), ne faites pas semblant de me tutoyer, l'homme, car je ne vous ai jamais connu ni vu d'Ève ou d'Adam, c'est la vraie vérité. »

Alors il m'a souri avec une tape sous le menton, et il a fouillé dans sa pochette.

Ici Joson en fit autant.

— Et il m'a donné votre petite boîte, ajouta-t-il.

— Mon médaillon! m'écriai-je en sautant sur mes pieds.

— Avec la bague dedans, et il a dit que vous devriez jeter un coup de pied jusque là-bas, devers le couvent des Feuillantines.

Je répétai ce mot avec un serrement de cœur, et je balbutiai :

— Est-il arrivé quelque chose à Mlle de Bois-le-Roy?

— Je ne sais point. Il a dit que plus tôt vous iriez, plus mieux ça vaudrait...

— Mais comment? interrompis-je : je suis prisonnier!

— Failli merle! (c'est point vous) on ne peut pourtant pas tout dire d'une fois. J'aurais dû commencer par la chose que vous étiez libre, par quoi que vous avez été arrêté un petit peu pour de rire, et qu'on a crié pas mal rapport à ça. M. le duc a dit à son papa (le maréchal, s'entend) que des histoires de la sorte deviennent dangereuses par le temps qui court. Le maréchal répondait : « Si on ne peut plus batifoler en société, le monde est bien malade! » Mais c'est égal, on va venir tout à l'heure vous flanquer dehors par les épaules.

— Et pourquoi M. de Sartine t'a-t-il parlé du couvent, garçon?

Joson me regarda de travers.

— Quoi que vous me chantez, vous, fit-il sévèrement, avec votre M. de Sartine? Pas de moitié! C'est point lui! ah! mais non!... qu'il m'a dit comme ça en caressant la bague : « Pataud, ne faut point que le chevalier aille s'imaginer dans sa tête que je crois à toutes ses faribouilles de pendu et de bêtises : je suis bien trop savant pour ça! » Il a pourtant voulu voir mon bout de corde à moi, dont je m'étais confessé au monsieur prêtre de Laval.

Il l'a tourné et retourné en chantant : « C'est des bêtises. » Je t'en souhaite ! Avec le mien, quoique mon vicaire m'en avait pris la moitié, j'ai estropié tous les meilleurs gars de notre quartier en jouant pour s'amuser, sans rancune... Qu'est-ce qu'il m'a donc dit encore, celui-là qui n'est pas M. de Sartine? Ah ! que c'était M. le duc de Richelieu qui vous avait fait jouer la farce du médaillon par une coquine, la bonne amie à Vide-Gousset. C'était pour se revenger des pistoles que vous lui aviez gagnées. Alors, M. de Sartine... oh ! que non pas ! enfin, vous comprenez bien, le monsieur qui ne veut pas l'être, a repincé la petite boîte et il l'a gardée deux jours dans son giron pour voir si ça lui porterait bonheur. Brin ! il n'en a eu que la colique. C'est drôle : ça dépend des lunes, qu'il dit, et du tempérament.

Il se gratta le front.

— Y avait autre chose, murmura-t-il; mais, dame ! je m'ai déjà souvenu de beaucoup... Voyons ! Votre ancien apôtre Saint-Pierre est aussi là dedans, toujours pour la demoiselle de Vitré. M. de Sartine... eh bien ! oui, quoi ! c'était lui, vous n'irez pas le chanter à la cathédrale ! M. de Sartine veut mettre la main dessus, pour affaires de son état. Il pense bien que vous lui donnerez un coup d'épaule. V'là l'avorton qui vient ouvrir la cage : chut !

C'était vrai. Mon petit homme, annoncé par le formidable bruit de sa ferraille, entra suivi de deux plumitifs; et mon écrou fut levé dans les formes.

— Tout de même, je me suis trompé, grommela le bonhomme avec mauvaise humeur. Si vous voulez, vous verrez brûler le feu d'artifice.

Ce malheureux mot mit le diable au corps de Joson, qui m'entraîna au pas de course dans les corridors. C'est à peine si le jour commençait à baisser; mais son ambi-

tion était d'arriver le premier, pour n'avoir personne
devant lui.

Il me quitta au seuil de la conciergerie du Châtelet.

— J'ai tantôt mes trente ans, me dit-il, et je n'en ai
point jamais vu : j'entends de feu d'artifice. Si c'est que
vous auriez besoin de moi, venez m'y chercher, Monsieur
le chevalier : vous crierez mon nom. Et houpez !

Il prit ses jambes à son cou le long du quai de la Ferraille, où déjà quelques lampions se montraient.

Mais il s'arrêta brusquement au bout de quelques pas,
et revint toujours courant.

— Je ne mens pas, me dit-il, j'allais oublier le principal ! Il a barbouillé, vous savez bien de qui je parle, un
mot d'écrit pour vous sur un bout de papier, et le v'la.

Je pris le pli qu'il me tendait, et qui ne contenait que
trois lignes sans signature. Elles étaient ainsi conçues :

« Mlle de B. L. R. est sérieusement menacée. Présen-
tez-vous à la poterne du chemin du Val-de-Grâce, et
dites votre nom. Si vous avez pour moi quelque reconnaissance, n'usez de votre épée qu'à la dernière extré-
mité. Il m'importe que le bandit soit pris vivant. Hâtez-
vous. »

XIX

LE FEU AU COUVENT

Il y a une grande expansion physique et morale de tout l'être à l'heure sacrée où le prisonnier est rendu à la liberté. Je l'éprouvai, ou plutôt je la devinai : car c'est à peine si j'eus le temps de fêter le bon air du ciel qui venait inonder mes poumons.

La lecture de la lettre qui termine le précédent chapitre, m'avait mis un grand poids sur le cœur. Elle était de M. l'intendant général de police, j'en avais la complète certitude, quoique je ne connusse pas son écriture. A part quelques petits travers, exagérés par la gaieté publique, M. de Sartine était pour moi comme pour tout le monde un magistrat habile; et, quoique la morale pure eût peine à admettre les moyens arbitraires qu'il employait par goût pour maintenir la sécurité dans Paris, on ne pouvait méconnaître le bien matériel qui résultait très souvent de son administration.

Il avait coutume de chercher des points d'appui en dehors de la police, je savais cela. Je sentais qu'il m'englobait dans une expédition où son mobile à lui n'était pas du tout le même que le mien.

J'aurais donné de mon sang pour être renseigné, pour connaître au juste la nature du danger que j'avais à combattre. Quelque chose me disait qu'il était terrible, peut-être mortel.

J'essayais de réagir contre ces craintes. Que pouvait-on redouter à l'intérieur d'un couvent? Je me taxais moi-même de folie.

La pensée d'Olivier de Raguenel me venait. Il me semblait que tout aurait été sauvé, si j'avais eu un pareil auxiliaire.

J'allais cependant de tout la vitesse de mes jambes en montant la rue Saint-Jacques. On m'avait rendu à la Conciergerie, heureusement, mon chapeau et mon épée. Je n'aurais pu me procurer une arme nulle part, toutes les boutiques étant fermées.

Impossible de trouver un fiacre. On connaît la physionomie de Paris les jours de grande fête. Toute la vie de l'immense cité se concentre en un seul point; le reste est mort.

La nuit venait d'autant plus vite que de gros nuages étaient au ciel. Il faisait une chaleur étouffante. Je rencontrais çà et là, le long de l'interminable rue, quelques familles pressées qui se hâtaient vers la fête, parlant du feu d'artifice, et gourmandant la lenteur des enfants par la menace d'arriver trop tard.

De temps en temps, un rang de lampions se montraient aux fenêtres, comme pour rendre les ténèbres plus sombres.

Quand j'arrivai à la hauteur de l'église Sainte-Geneviève, il faisait nuit tout à fait.

Pour gagner par le plus court chemin du Val-de-

Grâce, il eût fallu prendre les derrières du couvent des Ursulines; mais je ne sais quel instinct me poussa à suivre tout droit le faubourg Saint-Jacques et à repasser par la rue même des Feuillantines, où j'avais eu mon aventure de nuit le soir de mon arrivée.

Je revis l'immense couvent silencieux et sombre, tel qu'il m'était apparu alors. Dans la rue étroite il n'y avait pas une âme, et je remarquai avec étonnement que les deux réverbères, placés à longue distance l'un de l'autre, n'étaient pas allumés.

Aussi, dans cette nuit profonde, dès que j'eus tourné le coin du faubourg, j'aperçus la lueur qui filtrait par les volets de la maison située en face du portail du monastère.

— Je la connaissais bien, cette lueur. Le dessin particulier qu'elle affectait réveilla violemment mes souvenirs.

C'était ici que j'avais entendu un menaçant lambeau de conversation. Aurais-je dû dormir tranquille depuis lors? aurais-je dû oublier un seul instant l'inquiétude qui était née en moi cette nuit-là?

Je m'approchai vivement et sans bruit de la masure. A l'intérieur on ne parlait point au moment où je mis mon oreille aux volets. Je regardai après avoir écouté. Je vis un blessé couché sur un matelas. A ses côtés étaient deux femmes : une vieille, qui ressemblait assez à la gouvernante des brigands dans *Gil-Blas*, et une jeune, que je crus reconnaître pour « la comtesse » qui m'avait embrassé si cordialement chez le chevalier Zeno en m'escamotant ma bague.

Je ne pouvais pas perdre beaucoup de temps à écouter; mais, au moment où j'allais reprendre ma course, la comtesse dit :

— M. de Raguenel est de service au pont tournant des Tuileries; le petit chevalier se dévore le sang au Châtelet : à moins que le diable ne s'en mêle, nous gagnerons le gros lot cette nuit !

Le blessé gronda un blasphème.

— Et moi, me voilà éclopé ! dit-il. Corbleu ! je ne suis pas un couvreur, pour monter sur les toits ! On aurait pu charger un autre que moi de verser de l'huile là-haut.

— Tu partageras, Grippe-Soleil, répliqua la vieille. Ça va brûler comme le feu d'artifice du roi ! Le pavillon est isolé; nous sommes maîtres des jardins. Je parie qu'avant dix minutes nous allons voir les nuages rouges.

Je fis un grand effort, car le cœur me manquait. Je comprenais, et une angoisse terrible me pesait sur la poitrine. Je m'élançai vers le chemin du Val-de-Grâce. Que la route me parut longue ! Enfin j'atteignis la poterne. Elle était fermée. Je m'appuyai contre le mur pour ne point défaillir.

— N'y a-t-il personne ici? demandai-je.

— Dites votre nom, répondit une bonne petite voix derrière la porte.

Je prononçai mon nom, et tout aussitôt la jolie Babet parut à mes côtés.

C'était elle, on s'en souvient, qui m'avait guidé jusqu'à moitié route la première fois que j'étais venu aux Feuillantines.

— Ah ! chevalier, me dit-elle, moi qui croyais si bien en vous ! Comme on se trompe ! Et dire que vous nous avez abandonnées pour vous faire mauvais sujet !

— Où est Hermine? m'écriai-je; ne demeure-t-elle pas dans un pavillon?

— Si fait, au bout des jardins, et c'est heureux, car le jardinier et ses aides se sont sauvés pour aller à la fête, et mademoiselle pourra arriver jusqu'à la voiture sans obstacle.

— Où est la voiture?

— Ici, derrière le massif.

— Courons ! N'avez-vous rien vu d'extraordinaire ce soir, ma fille?

— Si fait; mais je suis si peureuse ! A Vitré, nous voyons partout des revenants. Il m'a semblé qu'en venant du pavillon ici je voyais de grandes ombres noires...

— Courons !

En marchant, elle continua, tremblant déjà de l'épouvante que mes questions faisaient naître en elle :

— J'y pense, Monsieur le chevalier : je suis bien sûre d'avoir ouï du bruit sur le toit du pavillon, comme quelqu'un qui travaillait...

Je pressai le pas.

— Que Dieu ait pitié de nous ! fit-elle : voilà les jambes qui me manquent !

— Je vous porterai... N'avez-vous aperçu aucune trace de feu?

— De feu? Seigneur Jésus ! mais au contraire, je me souviens maintenant. Quand je suis partie, j'ai senti une odeur de fumée. Je croyais que c'étaient les lampions allumés dans le faubourg Saint-Jacques...

Elle poussa un cri; nous tournions une allée.

Une grande lueur nous apparut à travers les feuillages.

Babet se jeta sur moi, folle d'épouvante. Je l'enlevai dans mes bras. Désormais je n'avais plus besoin de guide : le pavillon flambait et me montrait la route. Je piquai, tête baissée, à travers les fourrés.

C'était une petite maison, que les massifs pressaient de toutes parts. On aurait presque dit une loge au milieu des bois. L'incendie avait dû être allumé en plusieurs endroits à la fois : car le toit était en flammes, et le rez-de-chaussée commençait seulement à brûler.

Babet me serra le bras convulsivement au moment où nous débouchions du fourré.

— Les voilà ! balbutia-t-elle. Ah ! les démons !

Il y avait une échelle dressée contre le mur de la façade, et deux hommes montaient.

En même temps une fenêtre du premier étage s'ouvrait, et une femme échevelée y parut, criant : « Au secours ! »

J'ouvris les bras, oubliant que je portais la pauvre petite Babet, qui tomba comme un fardeau qu'on lâche. En deux bonds j'atteignis l'échelle, que je saisis par le pied. Les deux hommes furent précipités et touchèrent le sol en hurlant.

La femme de la fenêtre criait toujours, appelant tous les saints du paradis. Ce n'était pas Hermine.

On demanda sous le couvert, à vingt pas de moi :

— Faut-il descendre cet oiseau-là ?

— Pas de bruit ! fut-il répondu : qu'on l'assomme !

En vérité, ce n'était pas bien difficile. Au lieu de faire face à ce danger, je dressai de nouveau l'échelle. Je ne tirai même pas mon épée du fourreau.

Mais Babet, que j'avais oubliée, glissa entre moi et le mur. Une clef tourna dans la serrure de la porte d'entrée.

— Vite ! cria Babet.

Je m'élançai au moment où cinq ou six ombres, violemment colorées par l'incendie, sortaient du bois.

Et Babet me dit, en refermant la porte en dedans à double tour :

— Courage, Monsieur le chevalier ! Heureusement que vous ne m'avez rien cassé en me jetant comme un paquet. Si vous reprenez votre tête, on peut encore la sauver : il y a une autre issue.

Nous montions l'escalier quatre à quatre pendant qu'elle parlait.

XX

LA FUITE

Il y avait une semaine que Mlle de Bois-le-Roy avait quitté le grand cloître pour habiter ce pavillon, situé dans la partie la plus reculée du parc, non loin du sentier qui séparait le superbe enclos des Feuillantines de l'enclos plus vaste appartenant aux dames Ursulines.

C'était une petite maison toute neuve, qui avait été bâtie par la supérieure actuelle du couvent pour son propre usage. Elle y faisait ses retraites, et les sœurs relevant de maladie y venaient passer quelques jours de convalescence.

Mlle de Bois-le-Roy était là comme en un lieu de transition entre le cloître et le monde. Ceci est malaisé à dire pour moi, mais j'y suis contraint par la vérité : mon souvenir était si puissant dans le cœur d'Hermine, que tous ses efforts pour le chasser étaient restés sans résultat. Elle avait fini par confesser, après bien des luttes, que la vocation ne lui venait point.

Mme de Soyecourt, miséricordieuse et sainte femme, n'avait pas combattu cette détermination. Hermine devait passer un mois dans la retraite avant de revoir le monde, et c'était tout. On lui avait rendu Babet; elle avait en outre deux sœurs pour compagnes, et pouvait recevoir des visites.

Nous n'avons pas oublié que le comte Olivier de Raguenel était le neveu de Mme de Soyecourt. Il avait ses entrées au pavillon, et pour un excellent motif. Hermine le recevait avec plaisir, mais c'était pour parler de moi, et je dois dire que ce brave Raguenel, le plus loyal, le meilleur cœur qu'il m'ait été donné d'admirer en ma vie, ne se rendit pas une seule fois coupable de médisance à mon égard.

Le thème était riche pourtant. Les philosophes et autres gens qui savent toutes choses, n'ont pas encore dit aux pauvres d'esprit tels que nous pourquoi les anges ne recherchent jamais les saints, quand il y a un pécheur à portée. Supposez le saint beau comme tous les amours mis ensemble, l'ange ira toujours d'un autre côté. Pauvre chère, pauvre douce Hermine! Elle ne voyait même pas cette créature intelligente, robuste, héroïque et capable d'un merveilleux dévouement; elle ne voyait que moi, et, sans même y songer, elle infligeait à Raguenel ce supplice suprême de le choisir pour confident.

Et le monde, en ceci, est un peu comme les anges. J'ai vu la vogue, qui est une femme, se tromper souvent d'une façon si lamentable, que je songeais malgré moi à cette petite demoiselle dont la gourmandise perverse dédaignait les bonbons pour dévorer des araignées.

Babet et moi nous ne mîmes pas la moitié d'une minute à gagner la chambre à coucher de Mlle de Bois-le-Roy. On venait de la réveiller; et, sauf la fumée, qui montait à chaque instant plus épaisse, elle ne pouvait encore se rendre aucun compte des progrès de l'incendie. Elle s'habillait en hâte, mais avec calme. Le lecteur sait comment elle était brave.

Quand elle me vit, elle devint très pâle.

— Mademoiselle, dit Babet, voici M. le chevalier qui vient vous chercher.

— J'ai déjà refusé de fuir, répliqua Hermine. Pourquoi fuirais-je? Ici on a été bon pour moi. Il n'y a qu'à traverser les jardins : nous trouverons un asile auprès de Mme la supérieure.

Elle me tendit la main.

Babet se pencha à son oreille et lui dit :

— C'est Bertrand de Saint-Pierre qui a mis le feu. Entre vous et le logis de la mère supérieure, l'enclos est plein de bandits.

Un coup de vent rabattit les flammes du toit, qui s'échevelèrent au-devant de la croisée. Hermine se serra contre moi.

— Ils viennent! ils montent! cria une des religieuses, qui entra les cheveux épars : nous allons être sauvées!

— C'est Bertrand, dit Babet à Mlle de Bois-le-Roy : vous êtes perdue!

Alors Hermine se pendit à mon cou et murmura :

— Emmenez-moi!

Babet avait fermé à double tour la porte par où la sœur venait d'entrer. On y frappa, et cette fois je reconnus parfaitement la voix de l'apôtre Saint-Pierre, qui criait :

— Ouvrez! il y va de la vie! Dans une minute il sera trop tard.

Hermine, frémissante, m'entraîna elle-même vers l'autre porte. La religieuse nous suivit : elle était folle de terreur.

Aussitôt que nous fûmes dehors, le grand éclat de l'incendie nous enveloppa. Nous étions sortis par les derrières. Babet nous fit traverser en courant l'espace libre qui entourait le pavillon, et nous nous enfonçâmes dans les massifs.

La religieuse, qui s'était retournée pour voir le feu, ne nous apercevant plus, se mit à crier et à courir autour de la maison. Ce fut ce qui nous sauva en ce premier moment. Les bandits, en effet, s'attardèrent à la poursuivre et à la capturer.

Babet nous conduisit tout droit à la voiture, dont la présence en ce lieu était une énigme de plus. Ce n'était pas Raguenel qui l'avait commandée, ni Catiche, quoique celle-ci, dans les derniers temps, se fût mêlée des affaires de Mlle de Bois-le-Roy. Catiche n'était restée que vingt-quatre heures en prison. Pour en revenir à ce mystérieux carrosse, je soupçonnai, d'après ce que me dit Babet, que M. de Sartine n'était pas étranger à l'aventure.

Babet alla jusqu'à me dire que les gens qui rôdaient cette nuit dans le parc n'étaient pas tous des bandits.

Et nous eûmes à l'instant même une preuve.

En effet, au moment où nous abordions le massif derrière lequel se cachait la voiture, deux hommes sortirent de l'ombre, et l'un deux me dit :

— Prenez, s'il vous plaît, un autre chemin, Monsieur le chevalier. Les gens de Vide-Gousset se sont emparés du carrosse.

— Vide-Gousset ! répétai-je.

L'homme m'interrompit, ajoutant :

— Allez, Monsieur, et dépêchez !

Hermine ne prononçait pas une parole. Elle pressait mon bras, qui la soutenait, contre son cœur.

Babet cependant avait repris sa course. Le feu éclairait les bosquets de fantastiques lueurs. Nous arrivâmes à l'une de ces grandes murailles qui bordaient l'enclos, et dont j'avais mesuré la hauteur le soir de mon entrée à Paris. De là on voyait la petite maison en flammes, et l'incendie illuminait comme eût fait le plein jour une large allée, qui conduisait à une porte basse.

Ce n'était pas celle par où j'avais été introduit tout à l'heure.

Comme nous approchions de cette porte, j'aperçus une masse sombre peletonnée au pied du mur. Elle remua, puis se dressa. C'était un homme, enveloppé d'un manteau.

— Monsieur le chevalier, me dit-il en tournant la grosse clef qui était dans la serrure, ayez la bonté de passer prestement. Ils peuvent vous voir, et la gâchette d'un pistolet est bientôt lâchée.

La porte était ouverte : nous passâmes.

— Vous, la jolie fille, dit l'homme en barrant le chemin à Babet, vous allez rentrer, vous faire poursuivre, et jouer à cache-cache avec ces coquins-là dans l'enclos.

— Je veux bien ! s'écria la vaillante fillette.

— Babet ! ma pauvre Babet ! supplia Hermine.

— Bonsoir, notre demoiselle ! fit la Vitriaise en redressant crânement sa courte taille. Paraît que je vas être bonne à quelque chose une fois en ma vie ! Ne vous embarrassez pas de moi. Bonsoir-à-revoir.

Elle rentra sous bois, et nous ne la vîmes plus.

L'homme au manteau me dit :

— Monsieur, vous êtes dans le chemin qui sépare les deux enclos. Le faubourg Saint-Jacques est ici vers la droite; mais la bande tout entière de Vide-Gousset doit être sur pied cette nuit. Prenez à gauche, tournez l'abbaye du Val-de-Grâce et prenez le boulevard. Ne rentrez pas, croyez-moi, dans Paris avant d'avoir passé toute la Pépinière et même le clos de Notre-Dame-des-Champs. La ville, par ici, sera bien déserte ce soir. Je voudrais pour vous que vous fussiez déjà devers le pont de Louis XV. Si vous étiez attaqué en chemin, appelez au secours en criant votre nom : il y a des ordres.

Il me salua et referma la porte basse.

Au même instant, il y eut des cris dans le parc et un bruit de lutte. Plusieurs coups de pistolet furent tirés. Je pris avec Mlle de Bois-le-Roy la direction qu'on m'avait indiquée. Tant que nous fûmes dans le chemin qui séparait les deux couvents, nous ne rencontrâmes âme qui vive. Je sentais Hermine bien tremblante à mon bras; mais elle marchait ferme, et, quand je l'interrogeais elle me répondait avec sa douce voix :

— Vous verrez que j'ai du courage !

Au bout du chemin, en tournant à gauche, nous aurions été bien vite dans la ville en descendant au quartier Sainte-Geneviève par la ruelle du Pot-de-Fer-Saint-Marcel; mais, outre que ces parages étaient des plus mal famés, je tenais à suivre mes instructions à la lettre. Je mesurais la responsabilité qui pesait sur moi.

Nous fîmes donc le grand tour en remontant du côté des Capucins. Les événements que je viens de raconter, s'étaient succédé rapidement. Comme nous changions pour la deuxième fois de direction en poussant vers Port-Royal, le clocher du Val-de-Grâce sonna huit heures.

Je n'ai jamais vu de nuit plus noire ni de temps plus orageux. L'atmosphère pesait sur nous comme un plomb.

La première rencontre que nous fîmes, fut au coin de la rue d'Enfer, après avoir passé le faubourg Saint-Jacques. Il y avait deux hommes qui fumaient leurs pipes aux deux angles de la rue. Comme je sentais Mlle de Bois-le-Roy déjà fatiguée, l'envie me prit de tourner court pour rentrer dans Paris.

— Par ici, vous aurez de la peine à passer, me dit l'un des deux hommes. Prenez toujours à votre gauche, Monsieur de Keramour.

— Mon ami, répondis-je, je vous donnerai dix louis si vous voulez m'avoir un fiacre.

— Descendez par Notre-Dame-des-Champs. Il y a là de notre monde. La demoiselle se reposera, si elle est trop fatiguée. Un fiacre et un merle blanc, c'est tout un cette nuit.

— Je suis forte, me dit Hermine, et je suis heureuse. Si j'étais sûre que vous m'aimez, Gaston, j'irais au bout du monde.

XXI

Je portai sa belle petite main à mes lèvres, et je lui dis cent fois que je l'aimais. C'était vrai. Était-ce bien vrai? Le souvenir de cette heure, longue comme un siècle, me serre le cœur après tant d'années.

Oui, je l'aimais mais pas assez. Il eût fallu de l'adoration pour payer sa chaste et délicieuse tendresse. J'aurais donné ma vie pour elle : c'était trop peu, ce n'était rien. Il y avait une autre image que la sienne dans mon cœur.

Écoutez ! Elle n'était pas ma première pensée d'amour. Et ils sont si difficiles à effacer ces souvenirs du printemps de la vie, tout rayonnants de jeunes sourires, tout embaumés par les parfums du pays !

Ah ! Vivette ! ma Vivette !

Nous prîmes la rue Notre-Dame-des-Champs, solitude interminable. Elle me disait, appuyée à deux mains sur mon bras :

— Gaston, je ne puis avoir peur que pour vous. J'ai voulu me donner à Dieu; Dieu m'a refusé la force : je n'ai pas pu. Je tremble, parce que je suis heureuse. Ma vie est un trésor maintenant, puisque je suis aimée : s'ils allaient me tuer !

Tant que dura la rue Notre-Dame-des-Champs, nous ne vîmes personne. A la grande rue de Vaugirard, un homme à manteau nous dit :

— Vous êtes poursuivis maintenant, mais vous êtes gardés aussi. Prenez toujours à gauche et marchez vite. Une fois que vous serez dans la fête, vous n'aurez plus rien à craindre.

Dans le lointain de la route parcourue, il me sembla entendre le bruit de gens qui marchaient : ou bien mon oreille tintait, ou bien il y avait des pas de chevaux là-bas sur le pavé.

La frayeur publique prêtait au bandit connu sous le nom de Vide-Gousset une puissance extraordinaire. Outre qu'il avait de nombreux associés, il pouvait, à un moment donné, réunir toutes les diverses bandes de malfaiteurs qui foisonnaient dans Paris.

C'était le brigand légendaire du moment. Je me disais que, selon toute apparence, Bertrand de Saint-Pierre avait conclu marché avec lui pour l'incendie du pavillon. Ils étaient faits pour s'entendre tous deux. La succession de Mlle de Bois-le-Roy était une proie assez riche : on pouvait payer largement.

Saint-Pierre désirait passionnément la possession d'Hermine. Tout était bénéfice pour lui dans le marché : il risquait d'avoir la femme, et, en cas d'accident, il retombait sur l'héritage.

Je ne pourrais pas affirmer que ces raisonnements fussent bien clairs dans mon esprit à l'heure dont nous parlons, mais j'en avais du moins l'élément. Quant à ce fait singulier, l'emploi d'une force de police si considérable, une nuit de fête, dans ces quartiers déserts, ce fut une grande faute, et Paris la paya cher.

Voici l'explication qui fut donnée après coup : M. le chancelier de Maupeou, parvenu au pouvoir, restait néanmoins désolé, parce qu'il n'était point populaire. Il s'ingéniait du matin jusqu'au soir à trouver un bon moyen de se rendre agréable aux habitants de Paris. On n'avait pas roué en Grève depuis Damiens, et c'est un joli spectacle.

M. de Maupeou voulait offrir cette galanterie aux Parisiens. Coûte que coûte, il lui fallait vivant ce Vide-Gousset, le bandit le plus qualifié de France et de Navarre, et qui avait cent fois mérité la roue.

Voilà pourquoi l'essaim des mouches de M. de Sartine, qui aurait dû bourdonner autour des Tuileries, s'égarait dans les solitudes du Luxembourg.

Ces choses étaient-elles utiles à dire? Je ne sais. L'eau du Rhin semble ralentir sa course et devenir plus calme quand elle approche des grandes chutes qui la précipitent écumante au fond de l'abîme.

Je m'arrête, moi aussi, et j'hésite, entraîné que je suis fatalement vers une catastrophe dont le souvenir glace encore le sang dans mes veines.

A partir du chemin de Vaugirard, notre route se poursuivit par le nouveau boulevard, qui était déjà tracé jusqu'aux environs des Invalides. Nous allions très vite. Mlle de Bois-le-Roy était toute haletante; mais c'était elle qui pressait le pas, et de temps en temps elle me disait :

— Je ne suis pas fatiguée.

C'est à peine si elle s'appuyait désormais sur mon bras.

Derrière nous, à quelque cent pas de distance, quatre hommes marchaient réglant leur pas sur le nôtre.

Derrière encore, mais beaucoup plus loin, il y avait une troupe que allait grossissant. Elle nous gagnait; mais, en vérité, ces bonnes gens n'avaient point l'air de songer à mal. On les entendait rire et causer. Hermine en était toute réconfortée, d'autant qu'ils se mirent à chanter *Malbrough s'en va-t-en guerre*.

C'étaient, bien sûr, des maraîchers de Vaugirard et de Vanves qui se hâtaient, craignant d'arriver trop tard sur le lieu des illuminations.

Nous commençâmes à voir les lumières de la fête en quittant le boulevard pour prendre le chemin qui passe derrière le Sacré-Cœur et traverse les jardins de la Belle-Chasse. Désormais nous allions tout droit vers le palais de Mme la duchesse de Bourbon. Quelques familles des quartiers environnants stationnaient çà et là, établies sur des tertres. Nous entendions dire en passant : « D'ici on verra très bien le feu d'artifice. »

D'autres groupes, moins paresseux, allaient devant et derrière nous pour gagner le pont Louis XV. Le feu, tout le monde répétait cela, devait être tiré devant les Champs-Élysées. Et ce devait être superbe !

Aux abords du Palais-Bourbon, notre entourage devint tout à fait rassurant. Les bons villageois qui chantaient *Malbrough* tout à l'heure, nous avaient rejoints et nous dépassaient. Les gens de la police avaient disparu; et, par le fait, nous ne les regrettions point, car leur escorte était inutile.

Les pauvres diables cependant ne nous avaient pas abandonnés de bon gré. Le lendemain, dans le fossé du chemin de la Belle-Chasse, on releva quatre cadavres, appartenant au bureau de l'inspecteur Joly de Boissy, à savoir : l'inspecteur lui-même, son commis, qui était son fils, et deux recors à sa solde privée.

Ces meurtres avaient eu lieu à cent pas derrière sous, sans que nous eussions rien vu ni entendu.

Les premières fusées éclatèrent au moment où nous débouchions au bord de l'eau par la petite rue de Bourgogne. La foule était déjà compacte ici et parsemée de soldats sans armes. Des cris de « Vive le roi ! » répondirent à la décharge d'artillerie qui accompagna le début du feu d'artifice.

La cohue fut bientôt en extase. Rien n'amuse les Parisiens comme les pétards. Il y a là tout ce qu'ils aiment : le bruit, la lumière, la fumée. Et je mentirais si je disais que je n'étais moi-même enchanté par ce spectacle nouveau. Ma pauvre belle Hermine battait des mains comme une enfant. Notre inquiétude était bien loin. Que craindre en pleine foule, sous ces clartés qui éblouissaient presque autant que le soleil?

Nous n'avions plus à subir qu'un peu de fatigue. Une fois traversée la place Louis XV, nous prenions la grande rue Saint-Honoré, et nous étions à la porte de mon logis.

Vive le roi ! pour la pluie des chandelles romaines; vive le roi ! pour les serpenteaux qui sillonnaient la nuit, rouges et sifflants; vive le roi ! pour la fête des soleils tournant de tous côtés avec folie.

Qu'est-ce que cela? deux palmiers géants, troncs et feuillages de flammes. Les voilà qui se changent en fontaines, et l'incendie liquide retombe en cascades d'étincelles dans des vasques en feu. Féerie ! Vive le roi ! Ce sont maintenant deux immenses gerbes d'étoiles qui brillent, nagent et s'éteignent dans le noir.

— Que c'est beau ! que c'est beau ! disait Hermine : Gaston, et voir tout cela près de vous !

Deux lignes de pourpre s'élancent, reviennent, montent

descendent; elles dessinent avec une rapidité presti-
gieuse les profils enchantés d'un palais, dont la façade
apparaît plus blanche que la neige, surmontée d'une
colossale fleur de lys couleur d'or.

— Vive le roi !

— Et la saucisse ! répond une voix.

On rit. Ce que c'est que l'enthousiasme ! Vive le roi
et la saucisse ! Le roi partage désormais. Ce grand mot,
qui naguère encore venait après celui de Dieu, court la
cohue, déshonoré par son appendice grotesque. On s'en
amuse sans trop de malice; mais malheur aux choses qui
font rire après avoir fait trembler !

— Le bouquet ! le bouquet !

Des diamants, des rubis, des topazes et des émeraudes,
toutes les pierres précieuses de la terre allumées parmi
toutes les constellations du ciel ! la rivière qui s'embrase
pendant que des orchestres invisibles remplissent l'air
de vives mélodies ! Le bouquet ! le bouquet ! Vive le
roi et la saucisse ! La saucisse et le roi !

Le croiriez-vous ? Avant même que l'atmosphère
eût éteint cette orgie de lumière et de couleur, le comique
avait le dessus. Le roi baissait; la saucisse victorieuse
triomphait en une clameur extravagante, et cent mille
voix hurlaient le vivat nouveau, qui avait bien plus de
succès que le feu d'artifice lui-même.

Quand la nuit se fit, — j'entends relativement, car
les illuminations restaient tout le long du pont, sur la
place et sous les arbres du Cours-la-Reine, — Hermine
se serra contre moi. Le bruit l'effrayait.

— Marchons, me dit-elle.

Moi, je ne voyais encore aucun sujet de craindre.
J'étais pris au contraire par la bonne contagion de la
gaieté populaire.

Cependant j'obéis à Hermine, et nous nous dirigeâmes vers le pont en suivant la foule, qui allait bien tranquillement, sans secousses ni cahots, parce que le courant descendait tout entier du même côté.

Le premier remous se fit sentir au bout du pont. Il y avait un courant latéral qui venait du quai : des gens des quartiers du bord de l'eau, marchant en famille et essayant de gagner le Cours-la-Reine pour voir les lampions.

Ma volonté était de céder à cette poussée : car il m'importait peu de faire un détour un peu plus long; le principal était d'éviter à ma chère compagne les inconvénients de la cohue.

Mais ici, on ne faisait plus déjà ce qu'on voulait. Les gens qui nous entouraient, semblaient avoir une fantaisie contraire à la mienne. Nous étions poussés vers la partie orientale de la place, et la presse commençait à être pénible.

— Tâchons de nous retirer, me dit Hermine : c'est effrayant, tout ce monde.

J'essayai. Autant eût valu tenter le passage à travers un mur. Tout en essayant, je regardais les visages de de ceux qui nous entouraient. Il me sembla reconnaître plusieurs des maraîchers qui tout à l'heure chantaient *Malbrough*, et qui nous avaient dépassés en arrivant au palais.

Il y avait parmi eux de méchantes figures. Du moins je pensais cela. C'était peut-être un résultat de la mauvaise humeur qui me prenait.

Du reste, la gaieté ne diminuait point parmi la foule, bien au contraire. Les lazzis pleuvaient et se croisaient. On ne tarissait pas sur la saucisse qui avait détrôné le roi.

A une vingtaine de pas de la tête du pont, il se fit une large poussée : c'était un officier des gardes de M. le dauphin qui venait à cheval, suivi par deux simples soldats à pied et armés.

Je ne sais pas si jamais gouvernement se rendra compte du danger que présentent les gardiens de la paix publique à cheval, dans les foules; mais jusqu'ici rien n'a pu ouvrir les yeux de l'administration à cet égard.

Une voix dit derrière moi :

— Le voilà ! attention !

Je ne savais pas de qui l'on parlait. Je m'occupais à garantir de tout choc Mlle de Bois-le-Roy. Une autre voix répondit :

— Ça va chauffer tout à l'heure, puisque qu'il se montre.

L'officier à cheval me tournait en ce moment le dos. Je l'entendis très distinctement qui disait à voix basse, comme on donne un mot d'orde :

— Au pont tournant !

En ce moment, il fit volter son cheval, soulevant autour de lui un tonnerre d'imprécations, et j'aperçus son visage au profil perdu.

Je crus rêver : c'était M. le vicomte de Saint-Pierre.

XXII

Deux ans auparavant, le 30 mai 1770, lors du feu d'artifice donné pour le mariage de Madame la dauphine, il y avait eu au même lieu une effroyable catastrophe, dont le souvenir restait vivant. Le dauphin, depuis Louis XVI, avait été profondément impressionné par ce malheur. Non content de vider sa cassette, il avait juré que pareil fait ne se renouvellerait pas, tant qu'il serait en vie.

Aussi avait-il obtenu du roi licence d'envoyer des officiers et soldats de sa maison à toutes les fêtes publiques.

A l'époque où nous sommes, il y avait moins de danger qu'en 1770. Les aménagements de la place Louis XV étaient achevés; les échafaudages avaient disparu autour du garde-meuble et du palais qui lui fait pendant. Tout l'espace entre les Tuileries et les Champs-Élysées était libre.

En outre, deux voies nouvelles étaient ouvertes depuis peu : l'avenue, à qui l'architecte de la place,

Gabriel, venait de donner son nom, et la rue élargie qui longeait la terrasse des Feuillants.

La foule est terrible par soi-même, comme la mer; elle est aveugle, énorme, turbulente. Il faut la redouter partout.

Mais il y a sur la mer des lieux funestes, des détroits, des caps, des gouffres, qui sont surtout illustres dans l'histoire des tempêtes. Dans l'histoire lamentable et stupide des « écrasements », cette large place à l'aspect inoffensif, baptisée sous le nom de Louis XV, mais qui devait porter tant d'autres noms, ne le cède à aucun champ de massacre connu. Elle est pour la foule, cette mer humaine, ce que sont à l'autre Océan la pointe d'Afrique, le cap Horn ou le gouffre Maëlstrom.

On y meurt chaque fois que les lampions s'y allument : c'est la loi.

Et de même que le sombre tourbillon de l'Océan norvégien change, dit-on, de place au gré des mystérieuses fantaisies de l'abîme; de même ce piège colossal, tendu à nos réjouissances populaires, a-t-il marqué depuis son origine une demi-douzaine de lieux où devraient s'élever des chapelles expiatoires.

De 1770 à la fin du siècle seulement, dans l'espace de trente ans, on s'écrasa trois fois au pont tournant, deux fois à l'embouchure de la rue Royale, deux fois au coin des Feuillants, et une fois au centre même, devant la statue toute neuve du roi, entre les figures allégoriques de la Paix et de la Justice.

Encore ne parlons-nous point des accidents de détail, enfants étouffés ou femmes « pressées », qui avaient lieu fidèlement chaque année, aux balustrades des jardins-fossés.

Le Maëlstrom a été attribué aux courants de la mer,

tourmentée par la fonte de prodigieuses montagnes de glace. Le gouffre de la place de la Concorde est produit, selon toute apparence, par le défaut d'équilibre entre ses divers vomitoires, disposés d'ailleurs carrément. Les chocs y ont lieu de front, et presque toujours la bataille des deux courants contraires y est prise en flanc par deux autres charges tombant à angle droit sur le fort de la mêlée.

Mais il faut tenir compte encore d'un autre élément de désordre, qui est peut-être le plus puissant de tous : les voleurs.

C'est ici la grande moisson. Le ban et l'arrière-ban des chacals sont convoqués à la curée, les soirs où Paris s'amuse.

Chez nous, en Bretagne, dans les parages sinistres de la baie des Trépassés, on dit que les pauvres habitants de la côte, venant en aide à la colère de Dieu, allument des signaux menteurs, par les nuits de tempête, et appellent ainsi les malheureux matelots vers les récifs où est la mort.

Cela pour piller les débris du navire et dépouiller les cadavres des hommes.

Eh bien ! la place Louis XV avait aussi ses *naufrageurs*.

Je restai un instant stupéfait et en même temps incrédule. Était-il bien possible que j'eusse reconnu l'apôtre Saint-Pierre sous le costume d'un officier de la garde du dauphin, c'est-à-dire portant le même uniforme que mon loyal ami Raguenel? L'officier, après avoir tourné son cheval, s'était éloigné par l'espace compris entre le quai et le premier jardin.

Là, il y avait peu de monde. Ce n'était pas un « chenal »: aucun des courants n'y portait. On pouvait y respirer à l'aise et s'y reposer. J'eus désir d'y mener ma compagne qui donnait des signes de lassitude.

— Avez-vous vu ce gentilhomme? demandai-je.

— Certes, me répondit-elle. Je l'ai pris d'abord pour M. Raguenel; mais il est plus petit, beaucoup.

— N'avez-vous point remarqué son visage?

— Non... Mais comme on nous entraîne !

C'était vrai. Il y avait un furieux remous qui entraînait loin de l'espace libre. Et ce n'était pas ici comme au débouché du pont : aucune cause visible ne produisait cette poussée.

Je regardai attentivement autour de moi. L'inquiétude ne se raisonnait pas encore dans mon esprit, mais elle y était née. J'éprouvais ce serrement de poitrine du nageur qui mesure la distance trop longue à parcourir entre lui et la rive.

Au-devant de moi, l'espace me semblait immense; par derrière, le flot qui me poussait, était évidemment irrésistible : c'eût été folie de revenir sur ses pas.

Pendant que je me livrais à cet examen, les figures qui m'entouraient, me sautèrent aux yeux. Elles étaient toujours les mêmes; mais il me semblait que le noyau des villageois se resserrait autour de moi. C'étaient des hommes vigoureux, qui échangeaient entre eux de singuliers sourires.

Je crus voir que le mouvement qui m'entraînait où je ne voulais point aller, venait d'eux.

Ils déplaçaient, du reste, dans la foule, un large noyau qui ne dépendait point d'eux. Il y avait là d'honnêtes gens du peuple et des petits bourgeois, qui traînaient déjà péniblement leurs enfants et leurs femmes.

Mon parti fut pris tout de suite : je cédai franchement au courant, pour gagner le côté des Champs-Élysées.

Peu m'importait la route à suivre, pourvu que je parvinsse à émerger hors du courant.

Mais aussitôt que nous eûmes dépassé le plan des deux premières balustrades destinées à protéger les parterres, le courant changea de nouveau, et si brusquement, que des plaintes s'élevèrent de toutes parts.

— Ne poussez pas ! s'écria-t-on.

Une voix dolente s'éleva tout près de moi, qui cria :

— Vous voyez bien que je suis blessé !

Je me retournai vivement. Grippe-Soleil était à trois pas de moi.

Le poids que j'avais sur la poitrine, s'alourdit. C'était bien cette même voix qui avait dit tout à l'heure : « Attention ! le voilà ! » au moment où Bertrand de Saint-Pierre s'était montré à la tête du pont, sous l'uniforme des gardes du dauphin.

Certes, je ne devinais pas encore le plan infernal conçu par ce misérable, mais je me sentais entouré de bandits. L'aventure du couvent n'était pas finie. Le danger que j'avais cru fuir, me suivait.

Et désormais je pouvais voir clairement qu'on obéissait au mot d'ordre donné par Saint-Pierre. Il avait dit : « Au pont tournant ! » Notre cercle, en dépit de lui-même, au lieu de suivre le flot qui descendait à la statue, louvoyait sensiblement vers la droite, et coupait la cohue en biais, au milieu d'un concert de malédictions.

Le mot *effroi* peindrait mal la situation de ma pauvre belle Hermine. Elle n'avait aucune crainte, puisque j'étais là : elle se confiait en moi ardemment. Au milieu de sa lassitude, qui allait grandissant, il y avait le bonheur d'être auprès de moi. Son bras s'appuyait à mon bras, et je sentais bien qu'elle cherchait les battements de mon cœur.

Moi-même, je n'étais pas éloigné de gourmander l'angoisse inexplicable qui opprimait ma poitrine. Je me demandais : Que peut-il advenir en présence de tant de témoins?

Je ne connaissais pas encore cette chose horrible et inhumaine qui a nom la presse. Malheureux que j'étais ! ce flot vivant qui allait me submerger, me rassurait !

Un contre-courant assez appréciable se fit sentir à moitié chemin de la statue, au pont tournant. Il faut vous dire que j'espérais ce pont tournant comme le terme de nos peines. Une fois la grille franchie, nous aurions devant nous le large espace qui entoure le grand bassin. C'était le salut.

— Comme cet air me fait du bien ! murmura Mlle de Bois-le-Roy en se dressant pour donner son front au vent, qui commençait à souffler avec violence.

J'ai dû dire que, dès notre sortie du couvent, le ciel menaçait; l'orage avait couvé longtemps, retardé peut-être par les détonations du feu d'artifice. Il éclatait tout à coup. Deux rafales soudaines et puissantes balayèrent nos têtes, et furent accueillies par une longue acclamation. La foule buvait avec délices ce vent qui chassait l'air pesant et vicié par des myriades de respirations.

— De l'eau ! de l'eau ! cria-t-on joyeusement. Voilà de l'eau !

Le vent venait de l'est : il nous apportait, avec le grand bruit des arbres secoués, le chant lointain de *Vive Henri IV !* exécuté par l'orchestre des parterres du roi. Le refrain fut repris en chœur, tandis que d'autres voix entonnaient *la Belle Bourbonnaise,* pour faire pièce à Mme du Barry.

Le premier coup de tonnerre éclata, suivi par un déluge de pluie, qui éteignit les lampions comme par enchantement. En un clin d'œil, la place, si brillamment illuminée, fut plongée dans une obscurité complète.

On entendit alors des plaintes et des cris de terreur : des femmes qui appelaient à l'aide et de pauvres petits enfants qui pleuraient.

L'angoisse me prit et ne me quitta plus jusqu'au dénouement, qui était proche, quoique mon supplice, horrible et dont je désespère de rendre les phases navrantes, dût me paraître plus long qu'un siècle.

La panique remplaçait la joie. Les chants avaient cessé. Ces ténèbres subites, et qui enveloppaient la foule comme un linceul, portaient l'épouvante à peine née à son paroxysme.

Il y eut d'énormes tressaillements dans cette masse, naguère encore ivre de gaieté, et qui gémissait déjà, sans transition, les terreurs de son agonie. On entendait des gens qui s'appelaient et qui se disaient adieu, comme des malheureux qui font naufrage. D'autres disaient leurs noms à haute voix, réclamant le secours de leurs amis. J'ai encore dans l'oreille et dans le cœur la plainte aiguë de deux enfants qui mouraient, suffoqués, à quelques pas de moi. Ils criaient :

— Père ! c'est moi, ton petit Jean ! c'est moi, ton petit Louis !

C'était sa fête, à celui-là, le petit Louis.

Ils se turent bientôt tous les deux.

— On les aura sauvés, me dit Hermine, admirable de vaillance et douceur.

La cohue piétinait sans le savoir sur leurs pauvres petits corps broyés. Chacun pour soi. C'était épouvantable à un point qui défie la plume et dépasse la pensée. Cette nuit tuait tout : l'âme avant le corps.

Le vent avait cessé. La pluie tombait à torrents. Le

tonnerre prolongeait au-dessus de nous ses roulements sinistres. Quiconque laissait aller sa tête au-dessous du niveau, était mort. Les petits avaient commencé, les femmes suivirent.

Il faut bien en revenir toujours à cette comparaison de la mer, car nul ne saurait se faire une idée de la foule sans songer au désespoir de l'homme qui se noie. A quelques pouces au-dessous de nos bouches, il y avait — comment dire cela? — un air qui été épais comme de la vapeur de soufre. Je sentais cette fournaise quand je me penchais pour parler à ma compagne ou pour l'écouter. La pluie se relevait du sol en fumée brûlante.

Depuis la poitrine jusqu'aux pieds, on était dans l'eau bouillante.

Et nous formions tous, après que l'obscurité eut duré cinq minutes, un gâteau compact qui allait sans cesse durcissant sous l'effort d'une pression formidable. Il y eut un moment où l'eau de l'ondée s'amassa entre moi et trois de mes voisins, sans pouvoir couler, comme si nous eussions été les parois d'un vase. Puis l'un de nous tomba et l'eau passa laissant jaillir une bouffée de vapeur en feu.

J'apercevais les lueurs du corps de garde, situé au delà de la grille du pont tournant. Nous étions désormais tout près, mais à mille lieues du salut. En effet, pendant que le flot venant de la place nous poussait vers le jardin, un autre flot, suivant l'impulsion reçue, était vomi sans cesse par la grille.

On ne savait plus. Figurez-vous, si vous le pouvez, les convulsions de dix mille noyés, entassés, triturés au fond du même abîme, et tâchant, car c'est l'exacte vérité, de monter les uns sur les autres, pour vivre de la mort.

La bête humaine apparaissait là dans toute sa hideur. J'avais protégé déjà Hermine contre vingt paires de mains qui cherchaient à l'étrangler : son corps eût donné quelques pouces de vide en tombant. Et ce n'étaient pas des bandits, non : les bandits faisaient d'autre besogne.

Ils vidaient les poches, ils lacéraient les oreilles pour avoir les pendants, ils mordaient les doigts pour arracher les bagues.

Et de temps en temps un spasme agitait cette masse d'agonies, parce qu'une voix, intéressée à augmenter le désastre, lançait le cri de toutes les défaites, de toutes les déroutes et de tous les carnages : « Sauve qui peut ! »

Quand ce cri monstrueux parlait, toute cette boue vivante s'agitait en un réveil insensé, et les hommes tombaient par douzaines.

J'étais harassé de fatigue et prêt à tomber moi-même. J'avais réussi jusque-là à sauvegarder Hermine, qui me suppliait de songer à moi et de la laisser mourir. Je ne sais plus ce qui me soutenait; mais je me souviens que mon bras, convulsivement raidi, faisait toujours cercle autour de ma compagne.

Tout à coup, l'étau qui nous serrait les uns contre les autres, se lâcha un peu. Bien peu. Les poitrines rendirent un râle de soulagement. Quelque chose avait eu lieu : car les bandits grondèrent, voyant la fin de la curée.

— Sauve qui peut ! cria Grippe-Soleil.

Ce fut pour la dernière fois : ma main le saisit par la nuque, et, que Dieu lui pardonne ! le coquin ne pécha plus jamais.

Par miracle, cette fois, le mouvement poltron qui se produisit, eut un résultat. Nous pûmes faire un pas vers la grille grande ouverte, où le passage devenait libre. J'eus espoir.

Les soldats de garde étaient parvenus, au péril de leur vie, à refouler le flot qui venait du jardin.

Des torches s'allumaient, comme pour nous montrer le salut.

Aux premières lueurs de ces flambeaux, je vis deux officiers à cheval, et je les reconnus l'un et l'autre : c'était d'abord Olivier de Raguenel, haut et fort comme une statue équestre ; c'était ensuite Bertrand de Saint-Pierre, qui venait par le jardin et agitait son épée nue, pour faire comprendre qu'il apportait un ordre du château.

Olivier protégeait le passage. Bertrand cria de loin :

— Fermez la grille, capitaine ! fermez, au nom du roi !

Une clameur désespérée lui répondit dans nos rangs.

Raguenel dégaîna et demanda :

— Qui êtes-vous, Monsieur?

Saint-Pierre répondit :

— Ces malheureux vont ravager les jardins. J'ai l'ordre de M. le gouverneur : Fermez la grille, au nom du roi !

XXIII

NOYÉS

Tout ce que pouvait faire M. de Raguenel, c'était d'exiger montre de l'ordre du gouverneur. Il dit encore pourtant, même après avoir pris connaissance de l'ordre :

— Monsieur, vous portez l'uniforme de la maison de Monseigneur, et je ne vous connais pas.

Saint-Pierre exhiba aussitôt sa commission, datée du jour même. Je fus du temps avant de trouver ma voix au fond de ma poitrine.

— C'est un misérable ! m'écriai-je enfin. Raguenel ! au secours ! nous mourons !

Pour la troisième fois, Bertrand de Saint-Pierre répéta :

— Fermez la grille, au nom du roi !

Raguenel, au cri poussé par moi, avait engagé son cheval entre les deux battants, qui déjà roulaient sur leur gonds. La présence seule des bandits, ameutés et complices, peut expliquer la facilité avec laquelle quelques soldats, agissant à contre-cœur, purent exé-

cuter un ordre semblable. La foule, rien qu'en suivant
son impulsion, aurait dû broyer toute résistance.

Mais la foule renfermait un élément qui n'était pas
elle-même et qui la dominait. Nous éprouvâmes un
violent mouvement de recul. Je sentis la lame d'un
couteau pénétrer sous mon aisselle, et il me fut impossible de me retourner, tant la nouvelle presse opérée
derrière nous était furieuse. Je criai :

— A moi, Raguenel ! Cet homme est Bertrand de
Saint-Pierre ! Je suis blessé !

Et Mlle de Bois-le-Roy ajouta d'une voix brisée :

— Ils ont tué Gaston d'un coup de poignard : je ne
peux plus le soutenir.

Dieu merci ! Hermine se trompait : je tenais ferme
encore.

Raguenel se dressa sur ses étriers. Je le verrai ainsi
jusqu'au dernier jour de ma vie.

Saisissant à deux mains la grille presque fermée, il
la rouvrit de son seul effort. Son cheval bondit, son épée
brilla. Bertrand voulut opposer le fer; mais il tomba
la tête fracassée par un fendant, après avoir reçu une
estocade en pleine poitrine.

Cela fait, Raguenel jeta son épée, sauta en bas de
son cheval et repassa la grille en criant :

— Où êtes-vous, M. de Keramour? où est-elle?

La grille se referma bruyamment derrière lui, et
chacun put voir qu'aucun soldat n'y mit la main, sauf
deux qui étaient comme nous en dedans de la place :
des voleurs déguisés en soldats.

J'ai été obligé de raconter ceci d'un temps, mais il
s'était passé autre chose. Nous avions d'autres amis
dans la foule. Au moment où Mlle de Bois-le-Roy avait
prononcé mon nom, deux voix de femmes s'étaient éle-

vées non loin de nous, dans les ténèbres qui nous enveloppaient. La première avait dit :

— Gaston ! mon Gaston ! est-ce toi?

La seconde, qui venait du côté du jardin :

— Courage, chevalier !

Et, du côté opposé, presque en même temps, mon
ancien page :

— Ventrebleu ! je ne veux point de mal à personne;
mais celui qu'a tapé M. le chevalier ne fera point de
vieux os dans sa peau, je ne mens pas !

— Joson, mon gars ! lui répondit-on au plus fort de
la presse, viens ici tout de suite ! Tu me connais bien :
je suis M. Merlin de Tréguéhéneuc, M. le marquis.
Joson, mon ami ! si tu me tires de là, tu auras des rentes
gros comme toi !

— A Gaston, Joson ! ordonna Vivette, et sauve celle
qu'il aime !

Ah ! je l'avais bien reconnue !

La voix de Catiche n'avait plus parlé, celle qui avait
dit : « Courage, chevalier ! »

Hermine faiblit dans mes bras.

La force humaine a des bornes. L'agitation orga-
nisée dans la bande de Vide-Gousset, qui travaillait
désormais à découvert, augmenta de violence par le
fait des efforts que tentaient en sens contraire, pour
se rapprocher de nous, ces deux hommes athlétiques,
Olivier de Raguenel et Joson Menou. Nous étions
entraînés vers le coin de la grille, à droite, sous l'angle
de la terrasse. Ce n'était pas une issue qu'il y avait là,
c'était un sépulcre : le fossé du bord de l'eau, que les
victimes déjà tombées commençaient à combler, et
d'où s'échappait un navrant concert.

Entre le fossé et la grille, il y avait à peu près la

place d'une créature humaine. Ce ne fut pas mon choix qui me porta en ce lieu, car les ténèbres étaient complètes je ne vis le précipice ouvert à droite de moi qu'au moment où le dernier malheureux qui m'en séparait, y tomba.

Je me trouvai, avec Hermine, dans l'angle étroit compris entre le fossé, la terrasse et la grille. Mon suprême effort réussit à placer Mlle de Bois-le-Roy devant moi, et je m'arc-boutai une main au mur l'autre à la grille, de manière à lui garder une pauvre petite place, où elle s'affaissa aussitôt la tête entre deux barreaux, et buvant l'air du jardin avec avidité.

Ce que faisait M. de Raguenel pendant cela, je ne puis le dire, car Dieu ne lui laissa point le temps de le raconter. Mais il allait avoir une de ces morts qui éclairent toute une vie, et vous devinez bien comme moi les miracles de vaillance que dut accomplir ce bras chevaleresque pour ouvrir sa route jusqu'à nous.

Ne vous y trompez pas, il y avait à combattre. Autour de nous, les loups étaient plus nombreux que les moutons. Ils nous suivaient depuis le couvent des Feuillantines, les loups. Au milieu de tout ce pillage homicide, Mlle de Bois-le-Roy était la grosse proie que l'état-major du capitaine Vide-Gousset n'avait pas un instant perdue de vue.

Au moment où la bonne voix de Raguenel crie enfin : Courage ! à quelques pouces de mon oreille, je n'en avais pas pour une minute à rester debout. Le désespoir me prenait; et ce qui portait mon angoisse au comble, c'était l'idée qu'en tombant j'allais écraser Hermine.

Elle avait fermé les yeux à demi. Sa bouche charmante restait entr'ouverte pour recevoir l'air du dehors, qui ne venait déjà plus si abondant : car les soldats inutiles s'étaient rangés devant le corps de garde, et la cohue du jardin, un instant refoulée, revenait.

Ne me demandez pas pourquoi elle revenait. Il y avait là le plus atroce spectacle gratis qui eût pu jamais enfiévrer la curiosité gourmande de Paris : une immense agonie, qu'on ne voyait pas, il est vrai, mais qui se racontait elle-même par son grand murmure, fait de hoquets mortels et de suprêmes imprécations.

— Donnez-moi votre place, me dit Olivier, et reposez-vous.

Sans répondre, car je n'en avais pas la force, je laissai fléchir mes genoux, en ayant soin de prendre a deux mains les barreaux pour ne point peser sur Hermine. Il ne se fit aucun choc. Une autre voûte, bien autrement robuste, remplaçait l'abri que j'avais formé. Raguenel, à son tour, s'était arc-bouté. Il était de fer, celui-là !

J'aurais donné la moitié du sang qui me restait pour m'étendre et haleter à mon aise. Je ne peux dire à quel point de faiblesse j'étais rendu par mes blessures et l'épuisant excès de mon travail· mais il ne m'était pas permis de détendre mes mus   sous peine d'opprimer le beau corps d'Hermine.

Mon visage était à quelques pouces du sien; un reflet de torches glissait sur l'adorable résignation de son sourire : car elle souriait en me regardant, et dans son regard il y avait d'inexprimables tendresses.

— Comme vous voilà pâle, Gaston ! me dit-elle; et sa voix n'était plus qu'un souffle. Je vous en prie, reposez-vous sur moi : vous ne me ferez pas mal.

Il y eut dans la masse une convulsion que je ressentis au travers du corps de Raguenel.

— Ventrebleu ! me v'là ! dit derrière nous Joson. Un

peu de place, les amis ! Je n'avais point jamais vu de feu d'artifice ; mais c'est assez d'une fois, sûr et vrai, je ne mens pas !

— Garçon, dit Raguenel, es-tu capable de passer par-dessus la grille en montant sur moi ?

— Ah ! dame ! oui, dame ! répliqua Joson. Mais y a des jambettes (couteaux) ici, et j'ai déjà crabouillé plus d'un écorpion qui piquait... Où donc qu'est M. le chevalier ?

— Obéis à M. de Raguenel, dis-je.

— Ça suffit.

Joson était déjà sur le dos du capitaine, qui lui dit :

— Tu iras toujours courant jusqu'au château, chercher l'ordre d'ouvrir.

Ceci fut entendu du dehors, et un soldat répondit :

— On y est déjà. C'est la clef qui manque. La clef a été volée.

— Faites sauter la serrure, si vous êtes des hommes ! cria Olivier de Raguenel. Je suis blessé.

Joson, qui était à moitié chemin du sommet, redescendit, et son talon fracassa un crâne.

— C'est cet écorpion-là ! dit-il. J'l'ai fané.

— Va toujours ! va ! ordonna Olivier, dont la voix était changée, et ne t'arrête pas. Je n'ai plus le temps d'attendre.

Des gouttes de sang chaud me tombèrent sur la nuque.

— Pouvez-vous vous relever, chevalier ? me demanda-t-il doucement.

J'essayai ; Hermine rendit une plainte. J'étais engagé si malheureusement entre elle et Olivier, que mon moindre mouvement la torturait.

— Redressez-vous, dis-je, défendez-vous : je vais la protéger.

Il me répondit :

— Je ne peux plus : ils sont sur moi dix, vingt, tous !

Et c'était vrai. L'exemple de Joson avait été suivi. La foule, voyant une issue possible, grimpait sur cette manière de tas immobile que nous formions à nous trois. C'était une échelle, Nous n'étions plus seulement entourés, nous étions noyés sous la presse.

Raguenel supportait seul ce poids énorme. Son sang m'inondait, mais il résistait toujours.

— V'là ce que c'est ! dit Joson en sautant tout auprès de moi sur le sol du jardin, de l'autre côté de la grille.

Et presque aussitôt après :

— Pas besoin d'aller chez le roi : les voilà qui viennent !

Je ne pouvais pas voir, courbé que j'étais et masqué par les curieux du jardin; mais j'entendis un grand bruit, et la lueur des torches rougit le sable entre les jambes des cruels badauds qui nous regardaient mourir.

On les écarta, on les balaya plutôt : le vide se fit. La première figure que j'aperçus, fut celle de Catiche, précédant M. de Sartine et tout un bataillon de gens du roi.

C'était le salut.

A ce moment, un râle sortit de la poitrine d'Olivier. Il *craqua*, je le dis comme cela fut, sous la montagne humaine qui l'écrasait.

— Sauvez Mlle de Bois-le-Roy ! cria-t-il en nous ensevelissant sous sa chute.

Faut-il dire l'effort désespéré que je fis pour obéir à son dernier ordre et résister à ce vivant éboulement d'où sortaient des malédictions et des blasphèmes?

Ma poitrine heurta celle d'Hermine, qui rendit un

son navrant. Je vis ses yeux se fermer, car nos têtes étaient libres. C'était moi qui la tuais en mourant.

— Adieu, Gaston ! me dit-elle.

Et c'était comme si sa chère voix venait déjà de haut et de loin.

Je fermai les yeux. Je sentis sur mes lèvres un souffle et un feu : quelque chose de doux et de terrible. Elle me donnait son premier baiser dans son dernier soupir.

XXIV

CHEZ NOUS

Le reste me fut raconté, car j'avais perdu le sentiment, je dirais presque la vie.

Au dernier cri de Raguenel, M. de Sartine lui-même
avait répondu, en désignant le coin de la grille :

— Allez à Mlle de Bois-le-Roy !

Il avait des hommes à lui dans la foule, et l'on put
bien le voir. La bande de Vide-Gousset avait travaillé
comme le poisson pris nage et s'agite encore dans la
nasse. Elle était entourée. La troupe entière fut prise
dans cet immense coup de filet.

L'opération durait depuis le commencement du feu
d'artifice.

Mais le roi et surtout M. le dauphin trouvèrent que
cette pêche miraculeuse avait coûté par trop cher. Le
crédit de M. de Sartine ne s'en releva jamais.

Les gazettes du temps portèrent le nombre des morts
à cinquante-cinq. On ne fit point le compte des blessés.

Les *Nouvelles à la main* ajoutèrent un zéro au chiffre
des gazettes.

Je dois répéter ici que M. de Sartine, homme fort
éminent et qui a rendu de réels services à la population
de Paris, avait un grand fond de coquetterie dans
l'esprit. Ses mesures, très habilement combinées, avaient
pour but unique de prendre vivant le bandit Vide-
Gousset, pour que M. de Maupeou pût donner à la
capitale le friand spectacle de la roue.

Son plan fut dérangé par le coup d'épée de ce pauvre
Olivier de Raguenel.

Il paraît que M. de Sartine en pleura.

On avait traîné jusqu'au corps de garde le cadavre
du faux officier de la maison du dauphin, qui avait
fait si méchamment fermer la grille et que M. de Raguenel avait mis à mort.

Catiche, qui avait été quérir main-forte au château des
Tuileries et qui revenait, accompagnant M. de Sartine,
souleva le lambeau jeté sur le visage du mort, et s'écria
en le reconnaissant :

— Bertrand de Saint-Pierre !

A ce cri, M. le lieutenant général de police répondit
par un gémissement :

— Vide-Gousset ! prononça-t-il avec désespoir : ils
m'ont gâté mon triomphe !

L'apôtre Saint-Pierre et Vide-Gousset n'étaient en
définitive qu'un seul et même coquin.

Nous fûmes emportés ensemble, Mlle de Bois-le-Roy,
M. de Raguenel et moi. On me jugeait mort, comme
mes deux compagnons; mais quelqu'un donna un ordre
à Joson, qui me chargea sur ses épaules en pleurant, et
je ne fus pas enterré.

Ce quelqu'un n'était pas Catiche.

— Que vous me pendiez par devant et par derrière,
Monsieur le chevalier, me dit Joson plus tard, comme

du vieux linge mouillé, la tête de ci, les pieds de là,
fils de chien (c'est point de vous que je parle) ! aussi
vrai comme faut pas mentir, je croyais porter un défunt. Et si la demoiselle, qu'est Mme la marquise, n'avait
point dit : « Je le veux », je vous aurais lâché dans les
fossés. Il n'y avait plus d'os sous votre chair, et vous
aviez le ventre plat comme une galette, sans perdre
mon respect.

Je restai deux mois entiers entre la vie et la mort.
Pendant tout ce temps, je ne reconnus personne.
J'étais sans cesse avec Hermine, et je lui parlais, dans
ma fièvre, des jours de notre enfance, ne sachant plus
ma propre histoire.

Je me voyais courir avec elle dans les grands bois de
Keramour, dont les pentes descendent vers la mer.
Je l'appelais quelque fois Viviane...

Un matin, le voile qui était sur mes regards tomba.

Il y avait auprès de mon lit un médecin et Catiche.

Les premiers mots que j'entendis, furent ceux-ci :

— S'il s'éveillait, et cela ne peut tarder désormais,
ne lui parlez pas de Mme la marquise. Un choc pourrait
lui être funeste.

Dans la chambre voisine, une voix retentissante, qui
essayait, mais en vain, de se faire toute petite, disait :

— Je viens savoir pour M. le chevalier, s'il n'est
point encore mort de son agonie.

Et quand on lui eut répondu :

— Ventrebleu ! reprit la voix, pour qu'il dure si
longtemps après ce qui lui a arrivé, faut tout de même
qu'il y avait de la vif-argent dans la chose au bonhomme
Legall, je serais ben fâché de mentir !

Après le départ du médecin, Catiche se pencha sur
moi et vit que je la regardais. Elle poussa un grand cri

de joie. Je prononçai son nom, mais avec quelle peine !
Elle me baisa les deux mains.

— Où est Hermine? demandai-je.

Elle ne répondit pas. Je refermai les yeux et m'endormis.

— Où est Hermine? demandai-je deux heures après
en me réveillant.

— Le médecin a défendu que vous la vissiez, répliqua
ma bonne Catiche.

Puis, par une inspiration soudaine, elle ajouta :

— Mais il a permis de vous laisser voir Mme la marquise.

— La marquise?... répétai-je.

— Oui... celle que vous appeliez autrefois Vivette.

Elle vint, et tous mes jeunes souvenirs s'approchèrent
avec elle de ma couche.

Je la revis avec un attendrissement profond. Elle me
parut bien plus belle qu'autrefois. Je la croyais mariée.
Je lui demandai Hermine.

Ce fut long encore. Bien des jours se passèrent. Avant
d'apprendre la mort d'Hermine, je sus que Vivette était
veuve.

Son pauvre vieux mari était une des victimes de la
place Louis XV. Je n'ose pas affirmer que Vivette l'ait
amèrement pleuré.

Mes lettres n'étaient pas arrivées au pays, ou bien
M. Merlin les avait supprimées : toujours est-il que
Vivette, n'ayant point de mes nouvelles, avait mis
dans la tête du vieil homme l'idée d'acheter un titre.
Il était fou d'elle, et toutes les folies se tiennent. Son
avarice tournait tout à coup à la prodigalité. M. le marquis Merlin de Tréguéhéneuc ! cela sonne.

Ils étaient partis. C'était bien Vivette que j'avais

vue dans la tribune de Venise; c'était elle qui m'avait jeté sa bourse.

Que dire encore? Mon brave oncle, triste de mon départ, s'était si rudement consolé avec toutes les bonnes choses payées par son gendre pour prix de la *petite bêtaille*, qu'il avait eu une attaque d'apoplexie. Mais, Dieu merci! les héritiers du roi Grallon sont de ceux qu'il faut tuer trois fois. Mon oncle s'était remis sur les pieds, et continuait de flétrir, après chaque repas, la mémoire de la duchesse Anne de Bretagne.

Ce fut un an après cette fatale soirée du 25 août que nous arrivâmes tous à Guidel, Vivette, Catiche, Joson et moi. Hermine n'était pas oubliée : son souvenir aimé restait entre nous.

Mon oncle but si bravement à la noce qu'il frisa une seconde attaque; mais Joson le sauva en lui mettant au cou sa corde de pendu.

— Avais-je raison? calotte à papa! chevalier, me dit-il : c'est moi qui t'ai rendu tes domaines de Keramour en faisant le marché de la petite bêtaille. Chien d'Anglais! et sa femme! c'est à la treizième barrique que j'eus mon attaque! Et je te laisserai mes droits à la couronne, par-dessus le marché, dans vingt-cinq ans d'ici, toutes les nièces sont rousses!

Catiche resta quinze jours après le mariage; puis nous la trouvâmes un matin en costume de route.

— Celles qui ont vécu du théâtre, meurent au théâtre, nous dit-elle. Je me sauve avant d'être lasse de regarder votre bonheur.

Chère fille! Elle revient nous voir de temps en temps. Elle essaye de retenir sa gaieté, qui s'en va avec la jeunesse.

Quand nous allons nous promener, Viviane et moi,

dans ces splendides allées où l'on entend à la fois la chanson des grands chênes et la voix de la mer, il y a deux enfants joueurs autour de nous. Viviane est toujours belle. Et nous parlons sans cesse du passé.

Elle est savante, maintenant ; mais, quand elle veut, elle parle encore gallo comme un ange.

Il n'y a pas bien longtemps, comme j'admirais le sort qui nous avait réunis, elle me répondit, dans un baiser plein de bon rire :

— C'est la corde qu'a fait ça, je ne mens point ! Pas si bête que de l'avoir toute mise à faire ta bague ! Je m'en avais gardé un brin pour mé, qu'est encore té, mon chéri, joli chéri !

Puis, rassemblant les petits, étonnés de nous voir à la fois pleurer et sourire, et plus belle tout à coup dans sa gravité attendrie, elle dit en les pressant contre son cœur :

— Olivier, Hermine, mes enfants, aimez bien le bon Dieu, qui a protégé votre père et votre mère.

FIN

TABLE DES MATIÈRES

Chartres. — Imprimerie Félix Laine. 237-2-25.

POUR LE BEAU SEXE (*Causeries d'un vieux spécialiste*), par le Dr MONIN, de la Faculté de médecine de Paris. Officier de la Légion d'honneur et de l'Instruction publique. — 1 volume in-18 de 320 pages. — Envoi *franco* contre **7 fr. 50**.

Rien ne vaut, pour une femme, la joie d'être belle : *beauty is a witch*, « la beauté est une magicienne », a dit Shakespeare. C'est elle, en effet, qui dirige la femme vers sa véritable destinée sociale : être aimée.

Actuellement, les conséquences d'une terrible guerre ont fait, de la vie féminine, une impitoyable mêlée. La mission de *plaire* est devenue, pour le beau sexe, extrêmement dure, par suite de la disparition, par millions, des plus beaux types mâles et de la surabondance excessive du choix qui reste aux mâles survivants... Le beau sexe a, pour ces raisons, de plus en plus le devoir de réaliser son *maximum* de beauté, c'est-à-dire de « parure physiologique » en vue de l'amour.

Il s'agissait d'instruire, une fois de plus, la femme ayant la conscience et la religion de ses charmes et de la mettre en état de surmonter, victorieusement, les offenses morbides les plus insidieuses qui menacent sans cesse ses charmes. Le Dr MONIN qui, depuis plus de quarante ans, s'est spécialisé en la question, a bien voulu se charger de rédiger ce nouvel ouvrage, *Pour le beau sexe*, vademecum et trésor de toute femme intelligente.

Tout l'esprit de la femme étant dans sa beauté, le programme à suivre consistait à corriger les défauts esthétiques et à mettre en valeur les charmes et les attraits. Dans cet ouvrage, la raison et la science s'efforcent de lutter contre les impostures et l'empirisme des charlatans sans vergogne qui exploitent avidement le sexe féminin avec une audace qui n'a d'égale que la plus sinistre incompétence.

Il fallait donc fournir aux personnes les moins familières avec l'art médical des conseils *judicieux* et *pratiques* et redresser, à la lumière de l'observation et de l'expérience, les préjugés hiérarchisés par l'ignorance et par la réclame. Grâce à la multiplicité et à la sélection des recettes favorites et des formules personnelles, dévoilées libéralement par le D' MONIN, la femme ne saurait plus être embarrassée, dans aucun cas, pour protéger et conserver ses charmes, pour augmenter sa force de séduction et prolonger utilement sa puissance attractive.

Faute de soins rationnels, les femmes ressemblent, trop souvent, à ces roses éphémères qui tombent en quelques heures. L'art médical peut beaucoup pour prévenir ces vieillesses anticipées et éloigner scientifiquement bien des stigmates de déchéance : tandis que les maquillages, les produits et instituts (!) dits *de beauté* ne font qu'ajouter, aux imperfections de la peau et aux outrages des années, le désaccord ridicule de leurs menteuses ravigotes.

Jetez un simple coup d'œil sur cette *Table des matières* qui analyse succinctement les 28 chapitres de *Pour le beau sexe;* vous désirerez certainement acquérir ce manuel, écrit pour M. Tout-le-monde. Toute personne instruite en fera son livre de chevet.

GÉNÉRALITÉS SUR LA BEAUTÉ. — Grâces, maintien, démarche. — Costume et toilette. — L'art de la marche. — Les talons hauts. — Rectilignité. — Pour ne pas engraisser.

LA QUESTION DU CORSET. — Corset et ceinture. — Le corset doit être moulé.

UN MOT SUR L'HYGIÈNE MAMMAIRE. — La vie des seins. — Seins volumineux. — Seins atrophiés. — La restauration de la poitrine. — Hygiène de l'allaitement.

L'ART DE MANGER. — Le snobisme du régime. — Menu